KB261132

그것은
꿈이었을까

은희경
장편소설

그것은 꿈이었을까

문학동네

오블라디 오블라다, 인생은 그런 것

다른 사람들도 그런지 모르겠다.

깊은 밤 어디선가 낯선 소리가 들리면 나는 시계를 본다. 가령 밤의 정적을 깨는 자동차의 급브레이크 소리나 뭔가가 깨지는 소리, 여자의 흐느낌 같은 불길한 소리들 말이다. 그 소리들은 생의 어떤 끔찍한 종말처럼 들리기도 한다. 나는 그 소리를 들었으므로 경찰이 찾아오면 사건 발생시각에 대한 증언을 해야 될지도 모른다. 시각을 정확히 알아두려고 시계를 보는 것이다.

그 시간에 나는 거의 언제나 스탠드 라이트만 켜놓고 책상 앞에 앉아 있다. 방 안이 어두워서 벽시계의 바늘은 잘 보이지 않는다. 그렇지만 일부러 일어나서 전등 스위치를 누르고 시계를 볼 마음은 없다. 나는 게으른 편인데다, 충실한 증인이 되기 위해서 벽시계를 야광 바늘이 있는 것으로 바꾸거나 할 만큼 재미있는 사람도 못 된다. 나는 이렇게 생각해버린다. 내가 알아두려고 하는 것은 어쩌면 실제의 시간이 아니라 시간으로 환산된 종말의 값일는지도 모른다고.

의학은 따분하지 않다. 그래도 공부하는 게 지겹지 않을 수는 없다. 낯선 소리가 들리면 나는 기다렸다는 듯 책에서 눈을 떼고 벽시계 쪽을 올려다보며, 그 자세 그대로 가만히 귀를 기울인다. 그러나 소리는 대개 한 번으로 끝난다. 사방은 다시 조용해진다. 아무 일도 일어나지 않은 것이다. 그럼 그 소리는 무엇이었을까.

내 머릿속의 스크린에 여배우가 나와서 권태로운 표정으로 말해준다. 우리는 지금 〈인생〉이라는 영화를 찍는 중이었어요. 주인공은 마지막에 죽게 돼 있죠. 하지만 종말이 오려면 아직 멀었어요. 우리 모두 지겨울 만큼 오래 살고 있거든요. 조금 전 비명 말인가요? 하도 지루해서 마지막 장면을 미리 한번 찍어본 것뿐이라구요.

이런 쓸데없는 상상이 왜 떠오르는지는 알 수 없다. 내 머릿속 어느 공간에 종말을 찍어둔 필름이 저장돼 있기라도 한 걸까.

소리가 그쳤다고 해서 곧바로 다시 책에 집중할 수 있는 것은 아니다. 시계를 향해 쳐들었던 고개를 다시 숙인 다음 조금 전 읽던 행을 찾는 그 동안에도 시간은 지체하지 않고 흐르니까. 그리고 어쨌든 나는 버튼을 누르자마자 죽어버리고 다시 한번 누르면 당장 살아나 로큰롤을 신나게 불러젖히는 온/오프 라디오는 아닌 것이다.

담배를 꺼내문다. 담배를 피울 때 나는 의자 등받이에 등을 기대고, 희미한 스탠드 라이트의 불빛 아래에서 느릿느릿 매듭이 풀어지는 담배연기의 하얀 리본을 오랫동안 쳐다보곤 한다. 연기는 책꽂이를 타고 넘어 침대 뒤쪽의 허공으로 사라진다. 연기가 가는 곳을 뒤쫓다보면 내 방 안의 물건들이 하나둘 눈에 들어온다. 그것들은 내가 가진 것의 전부이다.

내가 가진 것. 그러므로 그것이 나에게 중요한 것이어야 할까.

다시금 나는 불길함과 관련된 터무니없는 상상에 빠져든다.

지금 내가 의자에서 일어나 현관문을 연다. 복도 가득히 들어차 있던 매캐한 연기와 불꽃이 맹렬한 기세로 밀려들어온다. 뒷걸음질치는 내 등뒤의 창문도 이미 붉게 타오르고 있다. 지금 내가 담뱃재를 떨려고 고개를 숙인다. 그 순간 강진이 일어나 책상다리가 꺾이면서 재떨이가 떨어진다. 방바닥이 갈라진 틈을 통해 땅속 깊이 빨려들어가는 아래층 남자의 모습이 보인다. 지금 폭격이 시작되었다. 전투기의 굉음이 점점 요란해지고 모든 집에서 텔레비전을 켜지만 방송은 이미 중단된 뒤이다.

그렇다면 나는 저 스탠드 라이트가 희미하게 비추고 있는 물건

중에서 무엇을 들고 도망쳐나가게 될까.

내 시선은 옷장 문에 멈춘다. 옷 따위는 필요 없다. 침대, 텔레비전, 냉장고—마찬가지이다. 나는 무거운 물건 드는 일을 세 살 적부터 싫어했으니 그때까지 살아 있다면 아마 여든까지도 그럴 것이다. 책꽂이를 본다. 나의 이십대 초반 전부를 바친 전공서적과 노트들, 내게 가족이 있었던 시절의 앨범, 그녀의 편지 그리고 책상 위의 노트북까지. 모두 다 필요 없다. 인생이 달라질 기회가 왔는데 그런 순간 자신의 진로나 추억 따위에 얽매이는 바보가 어디 있겠는가.

강도들도 나와 비슷한 생각을 하는 모양인데 나는 언제나 중요한 것은 모두 주머니 속에 들어 있다고 생각해왔다. 자동차 키와 지갑, 그것이면 된다. 천재지변이 일어난 상황이니 현금지급기는 이미 사용 중지일지도 모른다. 현금카드마저 빼서 버리고 출발해야 할 것이다. 어쨌든 뭔가를 버릴 때는 되도록 많이 버리는 것이 좋으니까.

언젠가 내 차의 조수석에 앉은 한 여자애가 콘솔박스 속에 있는 모든 물건을 버린 적이 있다. 카세트테이프, 무료 세차권, 동전, 유료도로 사용 영수증, 볼펜. 심지어 먼지까지 걸레로 닦아버렸다. 그런 다음 그 안을 자신이 고른 새로운 음악 테이프와 사탕과 방향제로 채워넣었다. 마치 나의 내장을 모조리 들어내고 새

위장과 창자로 채우는 것 같았다. 그런 식으로 그녀는 나를 그녀가 나타나기 전의 과거로부터 단절시키려 했다. 꽤 오랫동안 나는 그녀가 나를 제 것으로 생각하도록 내버려두었다. 그녀의 기대대로 자기 쪽에서 원하지 않을 때까지는 아니었지만 말이다. 그녀는 다른 여자애들과는 약간 달랐다. 하지만 그 정도 다르다 해서 절대적인 것은 아니다.

나는 절대적이라는 단어를 적용시킬 만한 일을 아직 알지 못한다. All or Nothing. 누군가는 이 구절을 화끈한 인생을 살기로 다짐하는 데에 사용하는가본데, 내게는 별로 흥미 없는 말이다.

하지만 다른 여자애들과 약간 달랐던 그녀의 존재처럼, 비록 절대적인 것은 아니지만 내게 약간 특별한 것이 몇 가지 있긴 하다. 실레 화집과 하드커버로 된 카프카의 『성』, 그리고 진. 그 정도이다.

솔직히 말해 나는 문화적 교양과는 거리가 멀다. 여자애들이 갖다놓은 내 차 안의 음악 테이프조차 챙겨듣지 않으며 전공이 아닌 책은 거의 읽은 게 없다. 전시회 같은 데 가본 적도 없다. 아는 만큼 보인다고 하던가 아니면 아는 만큼 들린다고 하던가. 아무튼 그런 말이 맞다고 생각한다. 실레는 내가 가져본 유일한 화집이고 『성』은 내가 읽은 서너 권밖에 안 되는 소설 중 하나이다. 아는 것이 그뿐이므로 아는 만큼 좋아하는 것이다. 그 두 가지는 다 생일

선물이었다. 진이 준 것이다.

교양이든 식견이든 뭔가를 갖춘다는 것은 삶을 유리하게 이끄는 데 도움이 될 것이다. 그러나 골고루 많이 갖춘다는 건 어쨌거나 좀 거추장스러운 일 아닐까. 물건만 해도 그렇다. 나는 같은 종목에 두 개의 물건을 갖는 법이 없으며, 종목도 되도록 줄인다. 이를테면 이런 것이다. 첫째, 손톱깎이와 발톱깎이를 따로 갖지 않는다. 둘째, 두 개의 손톱깎이를 가지지 않는다. 간단히 말해서 그냥 단 한 개의 손톱깎이면 충분하다는 뜻이다. 조금 더 상위개념으로 올라가서 연필칼과 면도기와 손톱깎이와 편지칼과 가위, 이 모두를 겸한 칼날 한 개라도 상관없다.

하나뿐이라는 데에 의미를 두고 집착하는 성격이라서 그런 건 절대 아니다. 검소해서는 더더욱 아니다. 복잡해지는 것을 원치 않을 따름이다. 그러나 복잡한 것이 싫다는 사람에게도 반드시 갖춰야 할 기본 종목들은 있는 법이고, 내게는 그 반드시 필요한 '친구'라는 종목에 해당하는 단 한 가지 물건이 바로 진이다.

나는 진을 좋아한다. 진은 유쾌한 녀석이다. 아마 내가 조금 전 적막을 뚫었던 저 불길한 소리를 갱들의 총격전이라고 멋대로 단정하더라도, 차 트렁크에 실레 화집과 『성』만 싣고 프라하를 향해 출발한다고 하더라도 믿어줄 것이다. 그가 살고 있는 의대 기숙사 앞에 가서 경적을 울려대며, 빠뜨린 물건이 있어서 싣고 가려고

왔는데, 진, 그게 너야! 라고 소리치면 3층 창을 열고 그림자처럼
서 있다가 곧바로 〈오블라디 오블라다〉를 노래하며 조수석으로
슬라이딩해 들어올 녀석이다.

고향에 있는 어머니의 전화와 차가운 맥주를 빼고, 진이 가장
좋아하는 것은 비틀스이다. 자신의 모든 책에 진이라는 이름 대신
주드라고 서명을 한다. 가까운 사람들이 "헤이, 주드!" 하고 불러
주기를 바라기 때문이다. 통신의 아이디도 주드이다.

진은 비틀스에 대해서라면 뭐든지 알고 있다. 그러나 비틀스의
어떤 노래를 그룹 멤버 중 누가 불렀느냐라든가 마지막 앨범의 마
지막 곡이 무엇이냐라든가 따위의 내기에는 끼지 않는다. 의대에
는 그런 녀석들이 가끔 있다. 잘 돌아가는 머리일수록 성능이 얼
마나 좋은지 기회 있을 때마다 널리 알려야만 기름칠이 된다고 생
각하는 수재들, 혹은 단지 뭔가에서 자신이 이기는 횟수와 남이
지는 횟수를 늘리기 위해 내기를 제안하곤 하는 남자 어린이들.
그들 중 하나가 언젠가 진에게 물었다. 헤이 주드! 〈걸〉을 부른
게 존 레논이야 폴 매카트니야? 〈어크로스 더 유니버스〉가 시작
할 때 새소리가 난다고도 하고 안 난다고도 하는데, 어떤 쪽이 맞
아? 두 가지 질문에 진은 똑같이 대답했다. 노래를 들어봐야 알겠
는데. 그러자 그들은 별것 아니잖아 하는 표정으로 가버렸다. 진
이 내게 말했다. 노래하는 걸 들어봐야 누구 목소리인지 가려낼

수 있지. 그리고 새소리가 나는 것과 나지 않는 것 두 가지 버전이
다 있는데 노래를 들어보지도 않고 무슨 수로 안다는 걸까. 대단
한걸.

진은 내가 사는 집에 올 때 여자애들처럼 초콜릿이나 캔맥주,
꽃 따위를 들고 온다. 하지만 이상하게도 비틀스의 음악만은 절대
로 선물하지 않는다. 무슨 이유라도 있어? 하고 물었더니 글쎄,
이유 같은 건 생각 안 해봤어. 그냥 그런 거야, 라고 대답할 뿐이
었다. 하긴 이상한 점이 하나도 없는 사람이라면 좋아할 점도 없
을지 모른다.

여자애들도 마찬가지이다. 나는 약간 다르게 보이는 여자애들
한테 관심이 간다. 낯설다거나 불균형하다거나 이해할 수 없다거
나 그런 이상한 여자애들. 누가 보기에도 멋지고 아무리 봐도 예
쁜 여자애가 내게 온다면 굳이 마다할 것까지는 없을 것이다. 그
러나 그들은 나 스스로 선택하지 않았으나 그렇다고 딱히 버릴 이
유도 없는 의학도의 길과 같은, 포장도로 같은 존재일 뿐이다. 내
가 만난 몇 명만 그랬을 수도 있겠지만, 어쨌든 그런 여자애들은
잠시라도 칭찬을 해주지 않으면 무시당했다고 생각하므로 사실
좀 피곤하다.

내가 실레와 카프카를 좋아하는 이유를 '알고 있기 때문'이라
고 한 것은 맞는 말이다. 그러나 단지 그 이유만이라고 할 수는 없

을 것이다. 만약 내가 여자애가 한 명밖에 없는 마을에 살고 있다면 물론 그 여자애를 세상의 전부로 알고 좋아하기야 하겠지만, 세상의 모든 여자애들을 만나본 다음에도 같은 감정으로 좋아하는가 하는 것과는 전혀 다른 문제이다. 무조건 그렇지 않다는 건 아니다. 그럴 수도 있고 아닐 수도 있다. 나는 실레와 카프카를, 마을에 한 명뿐이라서 좋아하는 여자애보다는 조금 더 좋아한다. 도시로 나가 다른 여자애들을 만나본 다음에도 여전히 좋아할 만한 우리 마을의 여자애만큼은 좋아한다. 왜냐하면 그들은 나에게 있어 이상한 존재이기 때문이다.

실레의 자화상들, 그리고 카프카의 『성』을 볼 때마다 나는 어떤 불편하고도 살갗이 잡아당겨지는 듯한 낯선 느낌에 사로잡힌다. 나 혼자 생각인지는 몰라도 사람들은 '이상하다'라는 말을 '매혹'이라는 단어로 쓰고 있는 게 아닌가 싶다.

화집의 해설에 따르면 실레는 한 개의 물건에 집착했다. 그 물건이란 그가 죽던 스물여덟 살까지 평생을 지니고 있던 거울이다. 그는 엄청나게 많은 자화상을 그렸다. 레오나르도 다 빈치보다도 많이 그렸다. 뺨을 잡아당기는 자화상, 길쭉한 배를 드러낸 자화상, 깡마르고 붉은 손을 가슴에 얹고 있는 자화상, 오른쪽 팔꿈치를 들어올린 붉은 셔츠의 자화상, 수음하는 자화상, 윗니 한 개를 드러내고 있는 자화상, 죄수 자화상, 성 세바스찬이 되어 온몸에 화살을 맞는 자화상.

그중에서 나는 '이중 자화상Double Self-Portrait' 두 점을 오래 바라보곤 한다.

하나는 두 남자가 반쪽짜리 몸으로 나뉘어 담긴 그림이다. 알몸의 남자는 팔이 뭉뚝하게 잘려 있고 음부도 검은 골처럼 도려져 있다. 또하나의 남자는 길고 검은 외투로 감싸여 몸이 보이지 않는다. 그 남자는 두 눈에 눈동자가 없다. 알몸인 남자의 눈도 한 눈은 감기고 한 눈은 반만 뜨고 있다. 그들의 눈은 단지 거울 속의 자신만 보는 게 아니라 그것을 바라보는 자신까지 포함해서 바라보는 겹의 눈이다. 제목은 '예언자'이다.

다른 하나는 〈나의 영혼〉이다. 기형적으로 커다랗고 뼈만 남은 손을 쳐들어 보이고 있는 검은 옷의 남자. 그의 등뒤에는 마치 남자의 유령처럼 희뿌연 모습이 하나 더 그려져 있다. 입과 두 눈 모두가 단지 공허한 구멍일 뿐인 두 개의 자화상. 나와 나의 영혼.

나는 진이 그 이중 자화상들 때문에 내게 실레 화집을 선물했을 거라고 생각하곤 했다. 그러나 단지 실레의 그림이 골상학이나 해부학을 이해하는 데 도움이 되기 때문이라고 해도 상관없는 일이다. 우리는 그런 것을 서로 묻거나 하진 않는다.

밤이 점점 깊어간다. 내 담배는 다 타버렸다. 재떨이는 스탠드 라이트 옆에 얌전히 놓여 있다. 자동차 오가는 소리는 단조롭고

어느 집에선가 새어나오는 아기 울음소리와 변기의 물 내려가는
소리는 차라리 고적하다. 이 시각 어디선가 많은 일이 일어나긴
하겠지만 특별한 일은 아닐 것이다. 내 인생도 마찬가지이다.

DRIVE MY CAR

진과 나는 보름 동안 떠나기로 했다. 물론 진의 아이디어였고 장소를 찾아낸 것도 진이다. 처음에 나는 내키지 않아했다. 장소를 옮긴다고 공부가 더 잘 될 것 같진 않은데? 난 그냥 하던 대로 하겠어. 진은 제 어깨로 나의 어깨를 툭 건드렸다. 이번 시험은 장난이 아니야. 의대생 십 프로 정도가 떨어진다는 거 알잖아. 그리고 거기는 다른 고시원과는 달라. 새로 지은 현대식 6층 건물에 방마다 샤워시설이 되어 있고 지하 식당에서 언제나 커피를 마실 수 있대. 또 산 중턱에 자리잡아서 전망이 아주 좋다는 거야. 언덕 위의 하얀 집처럼.

내가 물었다. 그 집 이름이 언덕 위의 하얀 집이라도 돼? 아니, 레인 캐슬이라는 곳이야. 불법으로 비를 제조하는 집인지 아니면 비가 내려와서 세금을 걷어가는지 그건 모르겠지만 말야. 진의 말에 내가 대꾸했다. 집주인 이름이 정우성이라거나. 진은 웃었다. 나도 통신에서 채팅하다가 소개받았기 때문에 자세한 건 몰라. '노웨어맨' 이라는 아이디를 가진 사람이 내게 말을 걸었거든. 그 사람이 알려주었어. 노웨어맨이라면, 존재하지 않는 남자라는 뜻인가? 그렇지. 전에도 얘기해본 적이 있는 사람이야? 아니 전혀. 좀 이상한데. 그럴지도 몰라. 하지만 비틀스 노래로 아이디를 만들었다면 분명 존재하는 사람이지, 안 그래?

그렇게 해서 우리는 다음날 출발했다.

레인 캐슬은 진이 막연히 추측하던 것보다 훨씬 멀었다. 태어난 도시를 크게 벗어나본 적 없는 나에게는 물론이고, 동해 끝 어딘가의 고향으로 서너 달에 한 번씩 어머니를 만나러 가는 진에게도 지루한 거리였다. 처음에 진은 끊임없이 노래를 흥얼거렸다. 노란 잠수함에 친구들이 탔다거니 루시가 다이아몬드를 갖고 하늘에 떠 있다거니. 그러나 고속도로를 세 시간쯤 달리고 나자 축 늘어져 말없이 차창 밖만 내다보고 있었다.

고속도로를 벗어난 뒤에도 목적지는 쉽게 나타나지 않았다. 거대한 산 몇 개를 끼고 국도를 한 시간 가까이 내려와서야 첫번째 관문인 남쪽지방 한 소읍의 팻말이 보였다. 벌써 날이 어둑어둑했다. 간이 슈퍼마켓 앞에 차를 세우고 자판기에서 뜨거운 캔커피를 빼 마시며 진과 나는 슈퍼마켓 주인에게 길을 물어보았다. 고시원요? 그런 데가 있다고 하긴 하던데. 아무튼 조금 더 가서 일주도로가 나오면 그 길을 타고 쭉 가세요. 한 시간 정도 가면 도(道) 경계가 나오는데, 있다면 그쪽 어디에 있을 거예요. 그 전에는 마을이 전혀 없으니까요.

진과 나는 누가 먼저랄 것도 없이 곁눈으로 서로를 쏘아보았다.

비는 일주도로에서부터 내리기 시작했다. 슈퍼마켓 주인이 말한 도 경계는 쉽게 나타나지 않았다. 빗줄기는 점점 드세어졌고, 와이퍼는 차창의 빗방울을 밀어낼 때마다 헉헉거리며 거친 숨을 토해냈다. 번갈아가며 운전을 하던 진과 나는 이렇게까지 해서 도착한 장소가 기대한 만큼이 아닐 것만 같은 불안과 후회로 벌써부터 완전히 지쳐 있었다.

그러는 동안 날은 완전히 어두워졌다. 이제 보이는 것이라곤 캄캄한 숲뿐이었다. 멀리서 개 짖는 소리가 들리는 걸로 미루어 마을이 있는 듯싶었지만 검은 물 속에라도 잠겨버렸는지 아무것도 보이지 않았다. 차의 전조등만이 빗속을 뚫고 힘겹게 구불구불한 일주도로를 올라갔다. 마주 오는 차는 한 대도 없었다. 오직 비뿐이었다. 고갯길을 수없이 접어들고 돌아나오고 하는 동안 우리는 점점 미로 아니면 함정에 빠져든 듯한 기분에 사로잡혔다.

이번에는 아주 끔찍한 각도의 급커브 고갯길이 나왔다. 팻말이 눈에 들어왔다. 사망사고 발생지역. 황급히 운전대를 깊숙이 꺾으며, 내 머릿속에는 이곳이 지상의 마지막 지점이 아닌가 하는 아찔한 생각이 스쳐지나갔다.

그리고 다음 순간 진과 나는 동시에 눈을 찡그렸다. 모퉁이를 돌아나오자 갑자기 수없이 많은 빛의 사각형들이 펄럭이듯 눈앞을 가로막았던 것이다. 버려진 성채처럼 음습하고 커다란 건물이었다. 그것이 창마다 불을 환하게 밝힌 채 비를 맞으며 서 있었다. 레인 캐슬이었다. 빗속에 어둠을 뚫고 솟아올라 있는 레인 캐슬은 마치 한밤에 그 앞을 통과하는 여행자를 잡아먹는 거인처럼 길가에 버티고 서 있었으며, 숨이 멎을 만큼 조용했다.

운전대를 돌려 천천히 건물 앞으로 들어갔다. 1층 창문의 안쪽에서 한 남자의 얼굴이 나타났다. 비가 내리는 밤 창문을 통해 보는 남자의 얼굴은 호러영화의 한 장면을 연상시켰다. 저 남자 말야, 목을 잘라서 창턱에 올려놓은 것 같지 않아? 그래, 게다가 계속 우리를 보고 있어. 시체치고 건물 관리를 꽤 철저히 하는데?

우리는 6층에 방을 얻었다. 진이 607호이고 내가 그 맞은편인 615호였다. 남자는 보통의 사무실 직원처럼 무뚝뚝했다. 그것이 우리를 조금은 안심시켰다. 남자가 우리에게서 돈을 받고 줄이 많이 쳐진 서류의 빈칸을 알 수 없는 기호로 채워넣는 동안 진과 나

는 사무실 안을 둘러보았다. 벽에 붙어 있는 '수련생 주의사항' 이
라는 안내문이 먼저 눈에 들어왔다.

  1. 외출이나 대화를 일절 금지합니다.
  2. 불은 항상 켜져 있습니다.
  3. 수련중 체험하게 되는 현상은 수련의 과정이니 몸의 변화가
     나타나더라도 당황하지 말고 더욱 수련에 정진하십시오.

  저게 뭐죠? 남자에게 방 열쇠를 건네받으며 진이 '수련생 주의
사항' 을 가리켰다. 신경쓸 거 없어요. 남자는 눈을 내리깔고 퉁명
스럽게 대꾸했다. 당신들은 수련생이 아니니까. 진이 다시 물었
다. 공부하는 사람들 말고 수련생이 많은가요? 그러자 갑자기 남
자가 입술 끝을 말아올리며 뜻 모를 웃음을 지었다. 백 명은 넘겠
지만 정확한 건 알 수 없죠.
  진이 열쇠를 주머니에 집어넣으며 내게 눈짓을 했다. 가자. 나
는 이미 가방을 들고 있었다. 무뚝뚝한 남자가 웃으니 나 역시 기
분이 별로 좋지 않았던 것이다.
  진과 나는 각자 책이 든 무거운 가방을 끌고 엘리베이터 앞으
로 갔다. 단추를 누르자마자 문이 열렸다. 그 안으로 한 발을 들여
놓던 우리는 순간 멈칫했다. 마치 수십 개의 카메라 조명이 터지

듯 창백한 빛이 사방에서 깜빡거리더니 갑자기 주위가 엄청나게 환해졌기 때문이다. 그리고, 엘리베이터 안에서 수많은 얼굴이 우리를 기다리고 있었다. 그 얼굴들은 진과 나였다. 제기랄, 거울이잖아. 진이 투덜댔다. 엘리베이터에 붙어 있는 센서등이 형광등이었고 내벽 모두가 쪽거울이었을 뿐이었다. 우리를 바짝 포위한 거울벽이 서서히 움직이기 시작했다.

복도도 조용하기는 마찬가지였다. 일련번호를 단 방문이 양옆으로 죽 늘어서 있는 것은 호텔과 비슷했지만, 좁고 긴 그 복도는 끝이 구부러져서 막다른 곳을 한눈에 볼 수가 없도록 설계되어 있었다.

진과 나는 각자의 방을 찾아갔다.

현관문을 열자 또다시 천장에 붙은 센서등이 작동되어 마치 감시하듯이 내 얼굴을 환하게 비췄다. 욕실은 오른쪽이고 방은 그 반대쪽이었다. 나는 방문 손잡이를 잡고 시곗바늘로 치면 십오 분을 지나갈 정도의 동선만큼만 오른쪽으로 돌려서 가만히 문을 열었다. 손안에 손잡이의 탄력이 짧게 머물다 사라졌다. 방 안은 깨끗했고 새 책상과 옷장이 딸려 있었으며 역시 환하게 불이 켜진 채였다.

먼저 청바지와 남방셔츠를 벗어서 옷걸이에 걸었다. 그리고 트렁크 팬티 차림으로 짐을 풀기 시작했다. 옷은 티셔츠 몇 벌과 트레이닝 바지, 속옷뿐이었다. 나는 그것들을 옷장 안의 서랍에 넣었다. 옷걸이에 걸 만한 옷은 없었다. 이곳에 있는 동안 한두 번 마스터베이션을 하게 될지도 모르지만 그렇다고 실레의 자화상에서처럼 검은 외투를 걸치고 할 필요는 없을 테니까.

책을 꺼내 책상 위에 올려놓고 나니 짐 정리는 끝이었다. 아마 진도 거의 비슷한 속도로 짐 정리를 마쳤을 것이다. 가방 크기는 나의 두 배였지만 무슨 일이든 나보다 두 배는 빠르니 말이다. 특히 여자애들을 가로챌 때는.

샤워를 하고 자리에 누운 뒤에야 저녁을 먹지 않았다는 생각이 들었다. 뱃속에 뭘 채워넣기 위해 몸을 일으킬 마음은 전혀 없었다.

갑자기 잠이 쏟아졌다. 나는 잠에 관해 좀 까다로운 편이었다. 잠들기 위해서는 머릿속이 텅 비어야만 했다. 냄새나 빛, 소리, 감정에 관한 정보와 기억이 머릿속에 남아 있지 않은 상태에서만 잠들 수 있었다. 낯선 장소와 낯선 시간에는 쉽게 잠들 수 없다는 뜻이었다. 그러나 지금 분명히 내 얼굴을 뒤덮고 내리누르는 것은 잠이었다. 그것은 뭐랄까, 이미 정해진 어떤 프로그램에 따르도록 되어 있는 것도 같았고 저항할 수 없는 기도시간 같기도 했다. 몸이 침대 밑으로 묵직하게 가라앉고 있었다.

내 몸은 천천히 가라앉고 있었다. 천천히. 침대 밑을 뚫고 그리고 장판, 시멘트와 골조와 전기 배선과 수도관과 쥐 오줌 혹은 쥐,

그 모든 것들을 통과하여 5층, 4층, 3층…… 1층…… 땅속 어딘
가의 어둠, 아니다, 어둠을 뚫고 땅 밑의 또다른 빛 속으로……
　나는 그대로 잠이 들어버렸다. 그때부터 나의 이상한 꿈이 시
작되었다.

　햇빛이 내리쬐는 한낮.
　나는 걷고 있다.
　그녀도 걷는다. 성벽을 따라.
　성벽, 무언가를 가르는 경계일까.
　그녀는 이따금 나를 돌아보고 웃는다.
　갑자기 등뒤에서 들려오는 울부짖는 듯한 말발굽 소리.
　거대한 물체가 나를 향해 달려온다.
　그 물체의 중심을 뚫고 터져나와
　화살처럼 내 눈을 쏘는 빛.
　나는 부신 눈을 가린 채 비켜서고
　그것은 내 곁을 지나쳐 달려간다.
　사라지는 뒷모습, 회전목마이다.
　끊임없이 돌아가는 회전목마를 매단 채 말들이 뛰고 있다.
　그것은 허공으로 날아오르더니 이윽고 사라진다.
　나는 그녀를 찾는다.

그녀는 없다.

나는 잠에서 깼다. 그러나 한 장씩 이어붙인 파노라마 사진 같은 그 꿈에서 완전히 벗어나지 못하고 있었다. 벽지의 무늬가 눈에 들어오는 걸로 보아 눈을 뜨고 있는 게 틀림없었다. 그런데도 온몸이 꽁꽁 묶인 듯이 꼼짝할 수 없었다. 통증이 결박당한 몸 구석구석을 조각조각 찢고 쪼개며 뛰어다녔다. 내 몸속으로 뭔가가 들어가서 모든 핏줄과 내장을 그러쥐고 그물처럼 사정없이 잡아당기는 것만 같았다. 나는 정신을 집중하고 입밖으로 소리를 지르려고 안간힘을 썼다. 입밖으로 소리를 내야만 비로소 몸을 움직일 수 있다는 것은 악몽 퇴치의 상식이니까. 하지만 그곳은 상식이 통하는 점잖은 세계가 아닌 모양이었다. 꿈에서 깨어나려는 꿈을 꾸며 나는 버둥거릴 뿐이었다.

그 꿈에서 벗어나게 해준 것은 진의 노크 소리였다.

지금까지 계속 잔 거야? 회색 트레이닝복 차림의 진이 들어서며 물었다. 응. 진은 내 얼굴을 빤히 바라보았다. 잠을 푹 잔 얼굴은 아닌데? 여자 꿈을 꾸었어. 몽정? 그건 아니고, 모르는 여자야. 모르는 여자라고? 그런 여자하고 하는 편이 차라리 나아. 꿈에서 어머니나 누나하고 하고 나면 그날은 꼭 재수없는 일이 생겨. 그런 날 밤은 아버지하고 하게 될까봐 잠들기가 겁나더라구.

나는 천천히 몸을 일으켰다. 아버지 얼굴도 모른다면서 아버지 꿈을 꾼단 말야? 그렇다니까. 한 번도 만난 적 없거든. 그래도 꿈 속에서는 다 알아보지. 어쨌든 꿈이란 그런 거잖아.

우리는 거울 벽의 엘리베이터에 들어가 식당이 있는 B1 버튼을 눌렀다. 거울 속의 나는 창백했다.

누구지? 내가 중얼거렸다. 꿈속의 여자? 응. 아무리 생각해봐도 내가 알고 지냈던 여자는 아니야. 그런데도 나에게 무척 중요한 여자인 것 같은 생각이 들거든. 전혀 알지도 못하는 여자를 중요하게 여긴다는 일이 가능할까? 몰라. 어쨌든 이제 한 번은 만난 셈이니 모르는 사이는 아니잖아. 이름 물어봤어? 아니. 나는 고개를 저었다. 여자애에 대해 생각하려면 이름이 필요해. 그리고 이름을 알아야 불러세울 수 있잖아. 또 만나게 되면 꼭 이름을 물어봐. 해볼게. 내가 대답했다.

지하 식당의 입구에는 커다란 시계가 있었는데, 한시를 가리키고 있었다. 나는 의아해졌다. 한시라니, 오후 한시란 말이야? 아침 먹는 게 아니었어? 진이 나를 빤히 쳐다보았다. 아침에 가서 깨웠더니 밥은 그만두고 잠이나 더 자야겠다고 했잖아. 왜 이렇게 헤매. 아직 덜 깼어?

식당에는 간소한 음식이 준비되어 있었다. 그러나 사람은 전혀 보이지 않았다. 백 명이 넘는다는 수련생들은 밥도 먹지 않는지 알 수 없는 노릇이었다. 편식이 오십 명이고 설사가 오십 명이라고 치지 뭐. 근데 주방에까지 사람이 없는 건 좀 이상하지 않아? 내가 지적했다. 글쎄. 진의 목소리가 속삭이듯 낮아졌다.

식당 안은 막 물청소를 마친 텅 빈 양계장처럼 환하고 조용했다. 천장에는 창백한 형광등이 박쥐들처럼 일렬로 매달려서 우리를 내려다보고, 바닥에는 빈 식탁만 줄을 맞춰 늘어서 있었다. 진과 나는 식탁에 앉아 밥을 먹기 시작했다. 숟가락을 내려놓을 때마다 그 소리가 건너편 벽에 부딪쳐 크게 울리곤 했다. 소리는 내 관자놀이를 때리는 것 같았다. 나는 두통을 느꼈고 명치끝이 답답하여 더이상 뭔가를 뱃속에 집어넣을 수가 없었다. 진이 입 안의 것을 마저 삼키기를 기다리며 나는 물을 두 잔 마셨다.

방으로 돌아오자마자 창문부터 열었다. 숨이 막혔다. 엘리베이터, 복도, 지하 식당, 그런 곳들과 마찬가지로 방 안도 밀폐된 상자를 연상시켰다.

창밖에는 아직도 비가 뿌리고 있었다.

빗속에 마을이 내려다보였다. 전날 밤 우리가 검은 물에 잠겨버렸다고 생각했던 그 개 짖는 마을인 모양이었다. 이끼색의 양철 지붕도 있었고 슬레이트 지붕, 회색 시멘트집, 그리고 흙집, 붉은 벽돌집 — 전부 합해야 스무 채도 안 되어 보였다. 기와집은 딱 한 채였는데 멀리서 보기에도 정갈했다. 그 집의 처마 밑 하얀 회벽에는 자전거가 한 대 기대어져 있었다. 집 사이의 길은 좁고 구불구불했으며 드문드문 우물과 장독대가 보였다. 뒤쪽으로는 일주도로가 하얀 띠처럼 마을을 둘러싸고 있었다. 그 뒤로는 산이었다.

그것은 그림으로만 남아 있는 아주 오래 전의 마을 같았다. 가느다란 빗줄기에 감싸인 아득한 풍경들이 실재하지 않는 어떤 허상 같기도 했다. 아주 가끔 아래쪽에서 자동차가 나타나 일주도로를 돌아 산 너머로 사라지곤 했는데, 그제야 나는 마을이 액자 속의 정물화도 허상도 아니란 사실을 깨닫곤 했다.

사람의 모습이 전혀 보이지 않아서 그렇게 보이는 건지도 모른다. 나는 특히 자전거가 기대어진 기와집 마당을 오랫동안 바라보았다. 마치 자전거의 주인이 나타나기를 기다리듯. 웬지 그 자전거의 주인이 여자일 것만 같았다. 그러나 한참이 지나도록 사람은 나타나지 않았다.

하루 종일 나는 책상에 붙어앉아 있으려고 애썼다. 그리고 한 시간에 한 번씩 일어나 창가에 서서 바람을 들이마시거나 담배연기를 내뿜었다. 그 방 안에서 변화를 줄 수 있는 일이란 그것 말고는 없었다. 군대에서의 고생을 긍지와 추억으로 삼는 사람이라면 치약 뚜껑 위에 이마를 박은 채 팔굽혀펴기를 한다든지 옷장 손잡이에 두 발을 올려놓고 물구나무를 선다든지 따위의 상상력을 발휘할 수도 있을 것이다. 나는 아니었다. 또한 구태여 그런 가학적

처방을 내릴 필요도 없었다. 금방이라도 머리가 깨질 것 같은 두통이 조금도 나아지지 않았던 것이다.

나는 머리 아프게 사는 타입이 아니었다. '머리 아프다'는 물론이고 골치 아파, 이런 말도 입밖에 낸 적이 없다. 골 때려, 라든가 골로 보내, 혹은 골탕, 골통, 골 지른다, 골칫덩이, 골병, 골뱅이, 골육상쟁, 골 뭐라도 좋다. 그런 말과는 상관이 없었다. 그런데 왜 갑자기 두통이 왔을까. 다음 순간 나는 그처럼 골 아픈 문제를 길게 생각하지 않기 위해 머리를 흔들었다. 덜그럭 소리가 나는 것 같았다.

종일 비가 오락가락했고 그 빗속에 떠 있는 듯한 마을 또한 나타났다 사라졌다 하고 있었다.

밤이 되자 두통은 불면으로 이어졌다.

두통과 불면은 대단히 치명적인 합병증이었다. 침대 위에 누워 있다가 잠이 오지 않아 다시 책상에 앉았다. 책상에 앉으면 또 머리가 아파져서 다시 침대에 누워야 했다.

머리 위에서 수상한 발소리가 들려오기 시작한 것은 새벽 한시경이었다. 소리가 들리자 나는 습관적으로 시계를 보았던 것이다.

내 방이 건물의 맨 위층이었으므로 소리는 옥상에서 나는 것이 분명했다. 그것은 도둑이나 살인 청부업자를 연상시키는 무겁고 긴장된 발소리는 아니었다. 빠르고 가벼웠으며 어떤 위급함이 느껴지는 불안한 발소리였다. 쥐인가도 싶었지만 분명 충격완화장치가 장착된 쥐 특유의 고무 발바닥이 돌아다니는 소리 같지는 않았다. 소리는 귀를 기울이면 어느 틈엔가 사라지고 긴장을 풀 만하면 다시 들려왔다. 그리고 그 소리가 그치자 기다렸다는 듯이, 홈 사이가 촘촘한 나사 드릴처럼 두통이 머릿속을 파고들었다.

마을에서는 밤새 개 짖는 소리가 끊이지 않았다. 낮에는 모든 사람들이 어디론가 사라졌다가 밤이 되면 돌아와서 개들의 목을 차례차례 부러뜨리기라도 하는 것 같았다.

겨우 잠이 든 것은 창밖이 환해지기 시작해서였다. 잉크병이 엎질러졌던 흰 책상보를 성의 없이 세탁해놓은 듯한 색깔의 새벽이었다.

아침에 만난 진은 평소의 표정 그대로 쾌활했다.

옥상에서 나는 발소리 들었어? 내가 물었다. 아니. 개 짖는 소리는? 못 들었는데. 이상한 마을이야, 안 그래? 몰라. 내 방 쪽에서는 안 보이니까. 방의 불은 어디에서 끄지? 아무리 찾아도 스위치가 없어.

진은 어이없다는 듯이 대꾸했다. 왜 그런 걸 궁금해하는 거야? 그건 시청 앞 도로변의 가로등을 어디에서 끄고 켜는지, 그런 거나 마찬가지 문제잖아. 누군가 알아서 하겠지. 그리고 말야, 공부하러 와서 방의 불은 왜 끄려고 해? 잊지 마. 이곳은 고시원이고 철저하게 한 가지 목적을 위해 고안된 건물이라구. 그러고는 새벽 마스터베이션에 대해 지껄이기 시작했다. 공부를 많이 하거나 피곤한 날 새벽에 페니스가 더 크게 발기하는 현상에 대해 어떻게 생각해?

진과 나는 전날처럼 시체안치실같이 조용한 식당에서 금방 씹은 음식들이 자신의 식도를 통과해 내려가는 소리를 들으며 밥을 먹었다.

엘리베이터가 내려오기를 기다리며 서 있을 때였다. 우리는 한 여자애를 만났다. 레인 캐슬에서 처음으로 마주친 사람이어서 그것부터가 신기했다.

여자애는 거울 벽의 엘리베이터 안에서 걸어나왔다. 이마가 하얗고 눈썹뼈 아래로 유난히 깊게 들어간 검은 눈을 멍하니 뜨고 있었다. 탈색된 듯한 짧은 머리카락은 조금 헝클어졌다. 미술대학 휴게실에서 흔히 본 적이 있는 에이프런 모양의 길고 폭 좁은 그녀의 원피스는 초록색이었다. 원피스 위에 걸친 하얀 블라우스의 소매가 손등을 깊숙이 덮고 있었고, 어쨌든 몹시 마른 여자애였다.

그녀는 엘리베이터 앞에 서 있는 우리에 대해 아무런 반응도 보이지 않았다. 눈이 허공 어딘가를 향해 있었다. 그녀와 부딪치지 않기 위해서는 우리 쪽에서 황급히 가운데를 터주어야만 했다. 그녀는 진과 나의 사이를 가벼운 깃털뭉치처럼 스쳐 지나갔다.

진과 나의 눈은 동시에 그녀의 뒷모습을 따라갔다. 가는 발목과 납작하고 하얀 면운동화. 누군가에게 손목을 잡혀 따라가거나 허방을 딛는 것처럼 무게가 실리지 않은 걸음이었다.

우리가 엘리베이터 안으로 들어서자 그 안에서는 희미하게 풀 냄새 같은 것이 났다. 거울 속에는 초록색이 감돌았다. 나는 거울 속을 가만히 들여다보았다. 엘리베이터가 움직이는 순간이었을까. 갑자기 거울 표면에 물살이 일듯 주름이 잡히면서 옷감처럼 가볍게 흔들렸다. 그것은 투명한 초록색 물결이거나 바람에 흔들리는 얇고 긴 치맛자락 같았다. 그리고 내 얼굴을 부드럽게 덮어왔다. 어지러웠다. 꿈에서 깨어날 때 겪었던 것과 비슷한 통증이 머리를 꿰뚫고 지나갔다. 깨질 듯 무거운 머리를 받치려고 손을 이마로 가져간 것뿐인데 뜻밖에도 손바닥과 이마 모두에 땀이 배어 있었다.

방으로 들어오자마자 나는 자리에 누웠다. 도착한 첫날 그랬듯이 눈꺼풀을 들어올릴 수 없도록 무겁게 잠이 쏟아졌던 것이다. 누군가가 체체파리의 영혼을 칩으로 만들어서 내 머릿속에 집어넣은 게 틀림없다고 생각하며 나는 침대 속으로 들어갔다.

그 이상한 꿈이 두번째로 나를 찾아왔다.

그녀는 성벽 근처를 걸었고 나를 향해 웃었다. 불길한 굉음을 내는 회전목마가 지나간 뒤 아무 데서도 그녀를 찾을 수가 없었다. 이름을 물어볼 시간 따위는 주어지지 않았다.

나는 전날과 똑같이 고통스럽게 꿈에서 깨어났다.

모든 것이 전날과 같았다. 죽은 듯 정적에 감싸인 마을 위를 비가 오락가락하는가 하면 나는 한 시간마다 일어나 창밖을 향해 담배연기를 내뿜었으며 그 나머지 시간은 한 손으로 머리를 짓누르며 책을 보려고 노력했고, 그리고 실패했다. 불면의 밤이 기다리고 있는 것도 똑같았다. 새벽에 머리 위에서 발소리가 들리기 시작했을 때 나는 눈을 감은 채 머리맡을 더듬어 손목시계를 찾았다.

진은 내게 '수련생 주의사항'을 읽은 게 잘못이라고 주장했다. 수련중 체험하게 되는 몸의 변화, 바로 그거야, 라며 놀렸다. 그게 아냐. 혹시 그런 경험 있어? 계속 같은 꿈을 꾸는 거. 그제야 진은 알겠다는 표정을 지었다. 꿈에 여자가 나타나는 경험이야 누구나 있지. 전에 나는 어떤 여자가 꿈속에서 전화번호까지 알려주더라. 잠결에 억지로 일어나서 어딘가에 적어놓았거든. 어쨌거나 여자애 전화번호란 많을수록 좋은 거니까. 그런데 아침에 찾아보니 글씨를 알아볼 수가 있어야지. 너도 다음에 만나면 이름만 물어보지 말고 아예 전화번호까지 물어봐.

내가 꿈의 내용을 설명하자 진은 쉽게 진단을 내렸다. 너 혹시 『성』 읽다가 잠든 거 아냐? 그러니까 어딘가를 헤매고 성벽 같은 게 나타나고 그러지.

나는 그렇게 생각하지 않았다. 그 소설을 읽다 잠든 적이 삼십 번도 넘는다. 그러나 이곳에 오기 전까지의 나는 아무리 꿈속이라지만 성벽처럼 위험한 장소는 근처에도 가지 않는 신중한 사람이었다.

사흘이 지났는데도 나는 레인 캐슬이라는 장소에 적응하지 못했다. 어떤 병균은 환경에 적응하는 성격이 있으며 이를 흔히 내성이라고 말한다. 병균보다 수천 배 지독한 인간이 환경에 잘 적응하리라는 것은 더 말할 필요도 없다. 하지만 레인 캐슬에는 우리가 일반적으로 '환경'이라고 부를 수만은 없는 어떤 특별한 점이 있었다. 방 안을 벗어나서는 끝을 알 수 없는 복도와 시체안치실 같은 식당 외에 갈 수 있는 장소가 전혀 없었으며, 있다면 건물 밖으로 나가야만 했다. 그러나 레인 캐슬에는 언제나 비가 왔다. 그것은 건물 밖으로 나가기가 쉽지 않다는 뜻이었다.

또한 언제나 모든 장소에 불이 켜져 깨끗이 청소된 실내를 비추고 있었고 정해진 시각이 되면 난방이 가동되었다. 식당의 음식은 늘 따뜻했다. 그뿐이었다. 사람은 보이지 않았다.

나는 사실 내성이 좀 있는 편이었다. 그것은 인내심과 달라서 적극적인 성정은 아니다. 모험심과 용기도 없고 게을렀으므로 무언가를 바꾸기보다는 적응하는 편이 훨씬 성격에 맞았던 것뿐이다. 만약 내가 조금이라도 적극적인 성격이었다면 다음날로 이곳을 떠났을 것이다. 그러는 대신 나는 하루가 지나면 내성이든 내공이든 뭐든가 하나는 쌓이겠지 하면서 참았다. 떠나기로 마음먹은 것은 나흘째가 되어서였다.

진은 반대했다. 나는 이미 결정했다고 말했다. 진이 계속 투덜거렸다. 그럼 이렇게 해. 나는 예정대로 보름을 채울 테니까 마지막 날 차를 갖고 데리러 오라구. 나는 아무 대꾸도 하지 않고 내 방으로 들어왔다. 그리고 짐을 꾸리기 시작했다. 짐을 풀 때와 반대 순서로 실레 화집과 『성』을 먼저 가방 안에 집어넣었고 전공책들을 그 위에 놓은 다음 세면도구와 옷으로 나머지 빈 공간을 채웠다.

가방을 다 챙긴 뒤 담배를 꺼내물었다.

이내 문 두드리는 소리가 났다. 내 예상대로였다. 진의 가방은 내 가방의 두 배였고, 진이 일을 처리하는 데 걸리는 시간은 나의 절반이었다. 진이 가방을 챙겨들고 내 방문을 두드릴 시각은 내가 짐을 다 꾸리는 시각과 당연히 같을 수밖에 없었다. 돌아갈 것인지 말 것인지 진이 스스로 판단을 내리는 데 소요되는 시간은 계산해 넣을 필요 없었다. 의대에서 우리는 '하품하는 쌍둥이'로 불리곤 했다. 실제로 하품도 잘 했지만 그보다는 하품을 하게 되는 시점이 거의 비슷하기 때문이었다.

좋은 생각이 있어. 진이 벽에 가방을 기대놓으며 입을 뗐다.

한 시간 정도 거슬러올라가면 콘도가 있어. 진은 내가 거절하지 않으리란 것을 알고 있었다. 이번에는 내가 그의 결정을 따를 순서였기 때문이다. 죽이 맞는다거나 마음이 통한다는 말이 따지고 보면 거래의 규칙을 잘 지킨다는 뜻이란 걸 우리들 하품하는 쌍둥이는 잘 알고 있었다. 어딘데? 담배를 끄며 내가 물었다. 설천(雪川)이란 곳이야. 설천? 이번엔 또 눈이군. 맞아. '스노우 랜드'라고 스키장에 지어진 조그만 콘도래. 비 아니면 눈, 이쪽 지방은 지형이 좀 그렇다나봐. 아무튼 요즘은 스키장 개장 전이라 조용할 거야. 누가 그런 말을 해? 당연하지, 노웨어맨. 그럼 존재하는지 안 하는지 알 수 없는 그 녀석은 우리가 레인 캐슬에서 보름을 채우지 못할 걸 미리 알았다는 거야? 알 게 뭐냐. 진이 휘파람을 길게 불었다.

사무실의 남자는 보이지 않았다. 진과 나는 며칠 만에 처음으로 지상으로 내려와 땅을 밟아보았다. 빗줄기는 가늘었다. 그것이 얼굴에 닿는 기분도 나쁘지 않았다. 진이 트렁크에 가방을 싣는 동안 나는 운전석에 들어가 시동을 걸었다. 진을 조수석에 태우고 막 차를 출발시키려던 순간 나는 이유 없이 약간의 현기증을 느꼈다. 그것은 내리쬐는 햇볕 아래 서서 눈을 감았다가 떴을 때 한순간 망막을 스쳐 지나가는 붉은 스크린처럼 어지럽고도 나른했다.

가속페달을 밟으려는데 진이 잠깐만, 이라고 혼잣말처럼 중얼거렸다. 진은 등을 약간 앞으로 구부리고 조수석 쪽의 사이드 미러를 내다보고 있었다. 나도 진처럼 등을 구부리고 진과 대칭을 만들듯 운전석 쪽의 사이드 미러를 바라보았다. 거울 속에서 한 여자가 걸어나오고 있었다. 그녀의 흰 운동화는 불안하게 걸음을 옮겨놓았다. 주차장은 텅 비었고 우리의 주변에는 아무것도 없었다. 그녀는 우리가 탄 차를 향해 오는 것이었다.

분명 그녀는 이곳을 떠나려는 사람 같았다. 그러나 가방 같은 것은 갖고 있지 않았다. 그녀가 차 안으로 올라타자 서늘한 기운이 끼쳐왔다. 비를 맞은 그녀의 초록 원피스에서 한여름 깊은 숲에서 나는 나뭇진 냄새가 풍겼다. 짧은 머리카락과 긴 속눈썹 끝이 조금씩 비에 젖어 있었다. 어느 쪽으로 가는데요? 진이 묻자 그녀는 고개를 조금 숙인 채 무심히 대답했다. 아무 데나요. 그녀의 목소리는 차의 속도에 밀려 기운 없이 허공으로 흩어졌다.

NORWEGIAN WOOD

And she told me to sit anywhere
So I looked around
And I noticed there wasn't a chair

진이 이름을 물었다.

그녀는 대답하지 않았다. 차창 밖만 바라보았다.

조수석에 앉은 진은 뒷자리의 그녀를 돌아보느라고 최대한 고개를 뒤틀었다. 나도 룸미러를 통해 그녀의 하얀 이마를 건너다보았는데, 말하기 싫다거나 곤란한 표정으로는 보이지 않았다. 진의 말을 듣지 못했다고 하는 편이 옳을 듯했다. 그녀는 스무 살 정도밖에 안 된 것 같았다.

　—그냥, 서로 얘기할 때 편하자고 물어보는 거예요. 절대 수첩에 적지도 않고 돌아서자마자 잊어버릴게요. 어차피 머리가 나빠서 여섯 시간 뒤에는 뭐든지 잊어버린다구요. 뭐랄까. 평생 공부할 팔자죠.

그녀가 진을 빤히 올려다보았다. 그러나 시선을 고정시킨 채 천천히 고개를 저을 뿐이었다.

진이 어깨를 으쓱했다.

—이름이 없어요?

—그게 아녜요. 저는 이름이 많아요.

그녀의 목소리는 작고 맑아 어린애의 음색 같았다.

—그럼 제일 마음에 드는 이름으로 하나 알려줘요.

—마리아.

—마리아?

—수녀원에서는 미리암이라고 불렀어요. 마리아가 셋이나 되어서요.

그 말을 끝으로 그녀는 입을 다물었다. 더이상은 아무 할말도 없다는 듯 창밖을 향해 고개를 돌렸다. 진은 그녀의 비밀스러운 상처 따위를 건드렸다고 생각했는지 불현듯 미안한 표정을 지으며 말했다.

—아, 그래요, 마리아. 이제부터는 내가 떠들어주지요. 그러고 보니 우리 이름도 말 안 했군요. 이 친구 이름은 준이고, 나는 진. 난 헤이, 주드라고 불러주면 더 좋고요.

그녀는 처음 차에 탔을 때보다 훨씬 더 멍하고 건조한 표정이었다. 이곳에 있다는 사실조차 의식하지 못하는 사물처럼 꼼짝 않고 창밖에만 시선을 두고 있었다. 뭐랄까. 저주에서 풀려나기는 영 틀려버린 단단한 소금인형 같기도 했다. 진도 더이상은 말을 붙여볼 엄두가 나지 않는지 뒷좌석을 향해 돌렸던 몸을 앞으로 똑바로 했다.

한참 동안 침묵이 흘렀다. 묵묵히 앞을 바라보던 진이 생각난 듯 중얼거렸다. 비가 그쳤군.

비는 개었지만 하늘은 잔뜩 흐렸다. 운전하기에 나쁜 날씨는 아니었다. 어디선지 물기를 머금은 숲의 냄새가 배어나와 코끝을 스쳤다. 우리 모두는 아무 말도 하지 않았다. 그녀는 어디에서 내릴 것인지 말하지 않았고, 진과 나 역시 거기에 대해 아무런 말도 하지 않고 있었다. 진은 이따금 노래를 흥얼거렸다.

언제나 무엇인가가 일어나고 있지만 상황은 나아지지 않네.

언제나 무엇인가가 끓고 있지만 냄비에는 아무것도 들어 있지 않아.

모두가 날고 있는데 아무도 이륙하지 않았네.

모두가 울고 있는데 소리 하나 들리지 않아.[1]

차는 숲을 끼고 설천을 향해 달렸다. 이런 곳까지 휴가를 즐기러 오는 사람이 과연 있을까 싶을 정도로 설천은 깊은 산 속에 파묻혀 있었다.

철 지난 휴양지에는 그래도 뭔가가 있다. 정열이 소모된 뒤의 기대하지 않았던 평화나 쓸쓸함, 추억, 쓰레기 같은 것이라도. 그러나 개장을 한두 달 앞두고 아직 방치돼 있는 스키장은 을씨년스럽다 못해 황폐해 보였다. 손질이 되지 않아 맨땅이 드러난 텅 빈 슬로프는 민둥산만큼이나 천덕스러워 보였고, 문을 닫은 지 오래된 가게의 창턱마다 먼지가 지저분하게 쌓여 있었다. 스키장을 껴안듯이 두르고 서 있는 늦가을 산만이 그나마 휴양지의 정취를 어렴풋이 느끼게 해줄 뿐이었다.

스키하우스 앞에 차를 세우고 이리저리 돌아다닌 끝에 겨우 지하 상가에서 문을 연 패스트푸드점을 발견할 수 있었다. 진이 햄버거와 감자튀김, 콜라를 사들고 테이블로 왔다. 그녀는 빨대로 콜라만 조금 마실 뿐 다른 것은 먹지 않았다. 물끄러미 바라보고 있던 진이 말을 던졌다.

―콜라 먹을 때는 기도 안 하네요?

그녀가 조그만 목소리로 대답했다.

―어차피 제 기도는 듣지도 않으세요.

―바쁜 하느님 귀찮게 하지 말고 소원 있으면 나한테 말해봐요.

―왜요?

햄버거 빵을 벌리고 그 안에서 시든 양상추를 빼내 냅킨 위에
버리면서 진이 쾌활하게 대답했다.

―그야, 소원을 들어주려고 그러죠.

―몇개까지요?

진은 멍한 표정이 되었다.

―글쎄, 그건 생각 안 해봤는데. 뭐, 많으면 준하고 나하고 둘
이 나눠서 들어주면 되니까.

그녀가 처음으로 고개를 돌려 내 얼굴을 쳐다보았다.

―그럼 오늘 밤 재워주세요.

그녀는 진에게 말하고 있었다.

―들어주죠!

진은 즐거운 표정으로 감자튀김 봉지를 들고는 자리에서 일어
났다.

―그리고 두번째 소원은요⋯⋯

그때 어쩌면 그녀는 내 쪽을 향해 얼굴을 돌렸던 것 같다. 그러
나 얼음만 남은 빈 컵과 햄버거를 쌌던 기름종이 따위를 쟁반에
쓸어담던 내가 그녀를 바라보았을 때, 그녀는 이미 의자에서 일어
난 뒤였다.

흰 천으로 된 그녀의 운동화에 갈색 콜라가 한 방울 떨어져 있
는 것이 보였다. 그것은 아주 더러운 얼룩처럼 느껴졌는데, 그녀

의 운동화가 너무 하얗기 때문이었는지도 모른다. 그녀가 걸음을 옮길 때마다 운동화의 고무가 시멘트 바닥에 닿아 작은 소리를 냈다. 그 발소리가 어쩐지 귀에 익다는 느낌이 들었다.

콘도미니엄은 거의 비어 있었다. 우리는 가족호텔에 쉽게 방을 얻었다.

현관문을 열자 가장 먼저 눈에 들어온 것은 커다란 통유리 문이었다. 유리문 밖이 숲이었으므로 벽면 하나에 그대로 숲이 들어와 있는 것처럼 보였다. 발코니 바로 앞으로 스키 슬로프가 지나가고 있었다. 스키철이면 투숙객들이 발코니에 나가서 스키어들을 향해 손을 흔들어주거나, 원한다면 악수를 나눌 수도 있는 모양이었다.

침대는 두 개였다. 부부용 더블 침대와 자녀용 싱글 침대. 소파도 등받이를 젖히면 침대로 사용할 수 있게 돼 있었으므로 하룻밤 그녀를 재워주는 데에 어려움은 없었다. 진과 나는 처음 이곳을 향해 출발할 때의 의도를 잊은 건 아니었다. 그러나 적어도 그날 밤은 자장가를 불러 그녀를 재운 다음 둘이서 책과 노트를 뒤적이며 눈에 불을 켜고 '족보' 따위를 외워대는 일은 일어나지 않을 것 같았다.

실내를 한번 둘러보고 나서 진이 말했다. 맥주를 좀 사와야겠지? 나는 재빨리 주머니에서 자동차 키를 꺼내 진에게 건네주었다. 가게가 다 닫혀서 마을까지 내려가야 할걸. 날도 곧 어두워질 텐데, 같이 갈까? 아니. 진이 고개를 저었다. 여자분을 혼자 둘 수 없잖아. 셋이나 갈 필요도 없고. 그러나 내가 문을 잠그러 따라 나갔을 때 진은 나가려다 말고 현관에 멈춰 섰다. 그러고는 먼저 그녀의 뒷모습에 흘끗 눈을 준 다음, 나를 지그시 노려보는 것이었다.

문은 닫히자마자 저절로 잠겼다. 찰칵, 하는 소리의 여음이 잠깐 허공을 떠돌다 스러졌다. 그녀는 초록 옷으로 덮인 무릎을 세워서 두 팔로 감싸안은 채 소파에 기대앉아 숲을 바라보고 있었다. 나는 소파 옆에 놓인 스툴에 가 앉았다. 사방은 조용했다. 숲속으로 해가 지기 시작하는 시각이었다.

붉은 기운이 조금씩 스러지면서 능선은 검은 실루엣으로 변해 갔다.

조금 전까지도 햇빛을 받아 수없이 다양한 초록색을 머금고 겹겹이 살아 움직이던 나무들은 점점 숨이 잦아드는 듯하더니 어둠의 평면 안에 조용히 갈무리되었다. 가지와 잎의 흔들림도 이제 거의 보이지 않았다. 숲은 죽음을 기다리는 지혜로운 노인처럼 짙어지는 어둠에 편안히 몸을 맡기고 있었다. 대기 속의 밤이 서서히 두터워졌다. 숲 전체가 완전히 어둠에 잠기려는 순간, 작은 바람 한 자락이 밖에서 놀던 아이의 걸음으로 서둘러 돌아와 나뭇잎을 들추고는 그 안에 깃들었다. 그러자 완전히 어두워졌다.

어둠은 완결되어 침묵 속에 갇혔다. 한 몸이 된 암흑과 정적. 모든 것이 사라졌고 시간이 지나는 것도 알 수 없었다. 소실점이라고나 할까. 장소와 시간이 모두 사라져버린 어떤 절대 속에, 그녀와 나만 남아 있었다.

어둠 속에 그녀의 얼굴은 희미한 윤곽으로 떠 있었다. 그러나 내 눈에는 그녀의 깊게 팬 눈과 작은 입술이 또렷이 보였다. 어떠한 짙은 어둠 속에서 갑자기 마주치더라도 그녀라면 느낄 수 있을 것 같은 기분이었다. 어둠 속에서 갑자기 만난다면 누구나 상대를 쉽게 알아보지 못한다. 만져보거나 목소리를 듣지 않고도 알아본다면 그것은 특별한 경우일 것이다. 특별하다는 것. 그런 것이 있을까. 있을지도 모른다.

내 머릿속에 있던 종말에 관한 필름이 돌기 시작했다.

아주 오래 전 그녀는 타락의 도시에 살고 있었다. 도시는 마침내 신의 노여움을 사서 무너지기 시작한다. 그녀 혼자만이 천사의 손에 이끌려 저주받은 도시로부터 도망치고 있다. 등뒤에서 천둥번개가 치고 신전이 파괴된다. 천사가 그녀의 귀에 속삭인다. 무슨 일이 있어도 뒤를 돌아봐서는 안 돼. 뒤를 돌아보지 마. 그러나 그녀는 돌아보고 말았다. 돌아보자마자 하얀 가루를 뒤집어쓴 소금기둥이 되어버린다.

사납게 휘몰아치는 모래바람을 맞으며 균열되기 시작하는 붉은 땅. 거기 두 발을 디딘 채 그녀는 움직이지 못한다. 초록색 치마 아래 드러난 그녀의 하얀 발, 고개를 돌리고 누군가를 찾는 그녀의 텅 빈 눈빛. 왜 돌아보았을까. 누군가 그녀의 이름을 불렀던 것일까.

나는 주머니에서 담배를 꺼내려고 몸을 굽혔다. 그녀는 두 무릎을 끌어안은 채 소파에 등을 기대고 꼼짝 않고 있었다. 잠든 것이었다. 그녀의 숨소리는 아침바람이 갯버들의 솜털 사이를 스쳐 지나는 기척처럼 연약하고 부드러웠다.

진이 돌아왔을 때 나는 어두운 발코니에 나가 두 대째의 담배를 피우는 중이었다.

문 열리는 소리에 이어 갑자기 실내가 환해졌다. 위잉 하며 냉장고가 가동되는 소리가 들렸다. 진이 카드키를 꽂는 작은 박스를 툭툭 치며 말했다. 두꺼운 종이 같은 걸 꽂아두면 전원이 연결될 텐데 이렇게 컴컴하게 하고 있었단 말야? 진이 걸음을 옮길 때마다 무거운 비닐봉투 속의 캔맥주들이 바스락 소리를 냈다. 나는 조도에 적응하느라 눈을 몇 번 깜박이고는 안으로 들어갔다.

피곤했던 모양이지? 그녀를 눈으로 가리키며 진이 말했다. 비닐봉투 속에 든 것을 차례로 탁자 위에 꺼내놓는 진의 몸짓은 그녀가 깨기를 바랐으므로 전혀 조심스럽지 않았다. 맥주와 커피시

럽을 입힌 땅콩, 조미 오징어 따위가 차려졌다. 그녀가 눈을 떴다. 진이 바지 뒷주머니에 꽂고 있던 초콜릿을 빼더니 펜싱 동작처럼 한 팔로 허공에 커다란 원을 그린 다음 다른 팔을 직각으로 위로 뻗은 채 그것을 그녀의 코앞에 내밀었다. 그녀는 손바닥 위에 올려진 초콜릿을 무심히 떨어뜨렸다.

맥주캔을 칠레 지도 모양으로 길게 늘어놓고 진은 그것을 흐뭇하게 바라보았다. 그리고 산티아고쯤 되는 위치에 있는 캔을 집어들어 마개를 땄다. 나도 캔 하나를 들고 마시기 시작했다. 맥주는 알맞게 차가웠다. 진이 차를 급하게 몰아온 게 틀림없었다.

진과 나는 꽤 마셨다. 그녀는 초콜릿을 조금씩 부러뜨려 입에 넣을 뿐이었다. 말을 그다지 하지 않는 그녀에게 진이 이따금 질문을 던졌다.

─그럼 당신은 수녀인가요?

─아녜요, 저는 수녀원에서 곧 나왔어요.

─혹시 좋아하는 남자가 있어서 수녀가 못 되고 나온 거 아녜요?

뜻밖에도 그녀는 쉽사리 고개를 끄덕였다. 진은 호기심이 발동하면 조금 뻔뻔해 보이는 것 따위는 상관하지 않는 축이었다. 짓궂은 표정으로 기어코 이렇게 물었다.

─그 남자, 지금도 만나요?

—죽었어요.

그녀의 대답은 이번에도 별다른 망설임 없이 나왔다.

—나한테는 잘된 일이네.

진도 곧바로 대꾸했다.

진은 취했다. 그리고 나도.

나는 담배 한 개비를 빼들고 다시 발코니로 나갔다. 눈앞의 사물이 명확하게 보이지 않았다. 얼굴에 닿는 숲의 밤바람이 차고 축축했다. 나는 한 손으로 바람을 막고서 겨우 불을 붙인 다음 조금씩 흔들리는 몸을 발코니의 목책에 기대고 천천히 담배를 피웠다. 연기는 순식간에 어둠 속으로 흩어졌다. 도대체—나는 문득 중얼거렸다—이런 시간, 이런 느낌, 이런 게 다 뭐지? 뭐가 어떻게 됐다는 거야.

어쩐지 이 모든 것이 도무지 있을 수 없는 순간이라는 생각이 들었다. 내 삶의 순간이 아닌 것만 같았다. 나로부터 분리되어 독립적으로 존재하는 내 자신의 삶이란 게 있을 수 있을까.

취한 밤이란 것은 어쩌면 내가 의식적으로 살아주지 않아도 살아지는 삶, 그러니까 여분의 인생이거나 혹은 시계로 잴 수 없는 또다른 차원의 시간일지도 모른다. 취해서 기억할 수 없는 시간은 그 사람의 인생에 속하지 않고 다른 곳으로 날아가는 게 아닐까. 그런 다음 어딘가 다른 곳의 시간에 가서 쌓이는 거다.

　과학은 이 세상의 모든 것이 사라지지 않는다고 말한다. 마치 물의 여행처럼. 비든 땅에 스민 지하수든 사람 몸속의 물이든 오줌이든 혹은 주전자 속의 끓는 물이든 수증기든 다시 구름이고 비든 간에 — 모습만 바뀔 뿐 사라지지 않는다. 정말 그뿐일까. 만약 진과 내가 김밥을 사갖고 자동차에 탔다고 하자. 나의 낡은 자동차는 가뜩이나 우리가 무거워서 불만인데 김밥 때문에 더 무겁다고 투덜댄다. 미안해진 우리는 김밥 무게라도 덜어주기로 마음먹고 차 안에서 김밥을 다 먹어치울 수도 있다. 그래도 자동차는 불만이다. 자동차는 과학을 앞세운다. 질량불변의 법칙 따위를 갖다대며 자동차 안에 있던 것은 아무것도 사라지지 않았다고 주장할 것이다. 그러나 그것은 자동차의 입장이다. 진과 나로서는 김밥을 먹기 전과 달라진 게 없다고 결코 말할 수 없기 때문이다. 왜 우리는 자동차처럼 생각하려는 걸까. 한번 존재한 것이 영원히 존재한다면 얼마 전 오려두기를 했다가 잘못해서 날려버린 진의 컴퓨터 파일은 어디에 존재해 있다는 걸까.

　진도 발코니로 나왔다. 내가 피우던 담배를 가져다가 제 담배에 불을 붙였다. 진이 숨을 빨아들일 때마다 짙은 어둠 속에서 몇 번인가 불꽃이 빨갛게 커졌다가 줄어들었다. 내가 말했다. 헤이, 주드! 우리 지금 분명히 여기 있는 거야? 사방은 너무 조용했다. 큰 소리도 아니었는데 내 목소리가 공기를 가르며 밤하늘로 날아올랐다. 진의 검은 얼굴 한가운데에서 단추만한 빨간 동그라미가 선명하게 타올랐다. 다음 순간 진은 갑자기 크게 소리쳤다. 그래, 우린 여기 있어! 여기에 있다구, 여기!

소리는 텅 빈 스키 슬로프를 타고 넘어서 어두운 숲 뒤편으로 사라졌다. 우리의 담배도 다 타버렸다. 진이 방으로 들어가버린 뒤로도 나는 한참 동안 발코니에 서서 바람을 맞았다.

술이 깨면서 추위가 느껴졌으므로 그제야 방으로 들어갔다.

진과 그녀는 침대를 하나씩 차지하고 잠이 들었다. 탁자 위에 는 빈 깡통과 남은 안주가 어지럽게 널려 있었다. 나는 탁자 위를 대충 치우고 욕실에 들어가 양치질과 샤워를 했다. 소파를 침대로 만든 다음 침대맡의 스탠드 라이트만 남기고 불을 모두 끄고 누웠 다. 쉽게 잠이 올 것 같지는 않았다. 일어나서 그녀의 얼굴을 한번 내려다보고 싶다고 생각했다. 그 생각을 하자마자 이내 깊은 잠에 빠져들었다.

누군가 나를 흔들었다.

그녀였다.

— 저를 좀 태워다주세요.

나는 일어나 앉았다. 어둡고 조용했다.

꿈인가? 하고 나는 입 속으로 중얼거렸다. 그러나 분명 꿈은 아니었다. 나는 내 손으로 등받이를 젖혀 침대로 만들었던 그 소파 위에 앉아 있었으며 조금 떨어진 저편으로 더블 침대에서 잠들어 있는 진의 모습이 희미하게 눈에 들어왔다. 오래 잔 것 같지는 않았다.

나는 여자애들한테 늘 친절하지 않다는 불평을 듣곤 했었다. 하지만 웬일인지 조금도 망설이지 않고 모직 남방셔츠를 껴입었다. 11월 밤답게 밖은 꽤 쌀쌀했다. 시동을 걸고 나는 그녀에게 물었다.

— 어디로 가죠?

— 길을 따라서 그냥 내려가요.

— 갈 데가 있는 거예요?

— 네, 근데 좀 멀어요.

— 괜찮아요. 돌아오기만 하면 상관없어요.

— 우린 안 돌아와요.

나는 대꾸할 말을 잃었다. 차는 이미 가족호텔을 벗어나 스키 하우스를 향해서 미끄러져 내려가고 있었다. 그리고 이내 콘도미니엄의 정문에 이르렀다. 정문 앞의 아치 위에는 '노 랜드'라는 글자가 불을 환히 켜고 있었다. '스'와 '우' 글자의 전구가 나간 모양이었다. '노랜드'라…… 칠흑 같은 밤의 숲을 배경으로 허공에 떠 있는 그 글자는 어떤 알 수 없는 시간의 관문을 표시하는 것 같았다.

나는 룸미러를 통해 뒤를 살펴보았다. 정문에서 가족호텔까지 구부러진 길을 따라 가로등이 죽 늘어서 있을 뿐 숲과 하늘은 완강할 만큼 캄캄했다. 그나마 이제부터 시작되는 길은 가로등도 없는 좁은 산길이었다. 전조등을 상향으로 조절한 다음 나는 천천히 차에 속도를 붙이기 시작했다.

미열 같은 가벼운 흥분이 느껴졌다. 옆자리에는 그녀가 타고 있었고, 갑자기 내 인생에 그 사실만이 중요한 것처럼 여겨졌던 것이다. 우리는 마치 세상으로부터 도망치는 어린 장님 연인들처럼 밤의 산길 속으로 진입해들어갔다.

우리는 말 한마디 나누지 않았다. 나로 말하자면 뭔가에 골몰한 듯한 기분이었지만 머릿속은 텅 비어 있었다. 어쩌면 침묵에 몰두한 건지도 모른다. 여기 세워주세요. 그녀가 말했을 때는 이십 분이나 삼십 분 정도 지난 것 같았다. 길이 약간 구부러져들어가 있는 장소를 찾아서 숲 쪽으로 붙여 차를 세웠다. 그녀는 앞만 쳐다보고 그대로 가만히 있었다. 별을 보는 것 같았다.

검은 하늘에는 방금 물 속에 담갔다가 꺼내놓은 듯한 별들이 수없이 많았다. 나는 국어교과서의 어떤 글에서인가 별을 헤아린다는 구절을 처음 읽었을 때의 어처구니없는 기분을 지금도 기억하고 있었다. 별을 올려다보며 마치 동전 세듯이 그것을 세어본다는 게 대체 무슨 뜻인가. 하지만 지금이라면 다를지도 모른다. 누군가가 세어보라고 권한다면 동전보다는 별을 세고 싶다는 생각이 들었다. 어차피 뜻은 마찬가지이다. 센다는 것은 오래오래 보고 싶다는 뜻일 텐데, 동전이 많은 것도 좋겠지만 이따금은 별이 많은 것도 괜찮은 기분일 것 같았다. 그러니까, 그녀가 세고 있는 별이라면 말이다.

내가 그런 생각을 하는 동안 그녀는 울었던 모양이었다. 언뜻 보니 눈에 눈물이 가득 차 있었다. 마치 자기가 세었던 별을 세는 그대로 몽땅 눈 속에 집어넣은 것처럼 보였다.

―울어요?

내가 물었다.

고개를 조금 젖혀 등받이에 기댄 채 그녀는 아무 말이 없었다. 어둠 속에서도 알아볼 수 있는 건 빛과 물이구나, 나는 생각했다. 그녀의 눈동자 아래쪽에 몰려서 작은 물살처럼 그렁대던 눈물이 눈시울의 둑을 범람하여 툭, 아래로 떨어졌다. 별이 지는 것처럼 나는 입 속으로 그것을 세기 시작했다. 하나, 둘, 셋, 넷…… 다섯 개의 별을 떨군 뒤 그녀는 고개를 수그렸고, 작은 목소리로 이렇게 말했다.

―좀 안아줄래요? 슬퍼서 그래요.

깊은 우물 같은 어둠 속에 얼굴을 묻고 있었으므로 그녀의 표정은 보이지 않았다. 머리카락이 짧아 그녀의 숙인 뒷목만이 하얗게 드러나 있었다. 나는 팔을 뻗어 그녀의 어깨를 껴안아주려고 했다. 둥글게 불거진 하얀 목뼈에 입을 맞추는 것도 괜찮겠다고 생각했다. 진심이었다. 그러나 어찌 된 셈인지 나는 가만히 있었다. 그녀가 말했다.

─저는 슬픔을 잘 견디지 못해요. 사람들은 모두 다 슬픔을 잘 참는 것 같아요. 어떻게 그처럼 슬픔에 아랑곳하지 않고 살아갈 수 있죠? 슬퍼도 일을 하고 먹기도 하고 영화도 보고, 그러다보면 슬픔이 사라지기도 한다면서요? 담임수녀님은 기도를 하면 슬픔이 사라진다고 말하곤 했지요. 하지만 저는 잘 안 됐어요. 당신은 어떻게 해요? 당신도 슬플 때는 울겠지요?

─글쎄요, 언제 슬퍼했었는지 별로 기억이 안 나서.

─태어날 때에도 울지 않았어요?

─그 역시 기억이 나서 하는 말은 아니지만, 슬퍼서 울었던 건 아닌 것 같은데.

─저는 기억이 나요. 분명히 슬퍼서 울었어요. 태어나는 건 슬퍼요.

─별로 기분 좋은 일은 아니라도, 슬플 것까지야 없잖아요.

─돌봐주지 않으면 아기는 죽어요. 그게 슬프지 않단 말인가요?

그녀의 눈에서 금방이라도 다시 눈물이 굴러떨어질 것 같았다. 나는 그녀를 안심시키고 싶었다.

—그러니까 돌봐주기만 하면 되는 일이군요. 간단한데.

—그렇지 않아요. 아기는 평생 사랑을 원한다구요.

—평생이라……

—어른이 되어도 달라질 건 없어요. 아무 존재도 아니고, 아무런 힘도 없어요. 어떤 일이 닥쳐오면 받아들이고 죽음이 찾아오면 따라가지요. 그리고 사랑받기를 원하지만……

그녀는 거기에서 말을 멈추더니, 쉽지 않아요, 라고 작게 덧붙였다.

—어릴 때 저는 늘 버림받는 꿈을 꾸었어요. 모두가 저를 버려요. 꿈속에서 그들은 지평선 너머로 사라지기도 하고 강가에서 배를 타고는 멀어지는 거예요. 저는 그들의 모습이 아득하게 멀어질 때까지 바라보면서 서 있었죠. 당신은 어렸을 때 버려질지도 모른다는 불안을 느끼지 않았어요?

—어렸을 때 사고가 있었어요. 그때부터 나는 어린 시절을 기억 못 해요.

—어떤 사고요?

—그러니까, 연탄가스를 맡았었죠.

나는 거짓말을 했다.

─그때부터 나는 어린 시절이 없는 사람이 된 셈이에요. 나라는 사람의 근원에 대해 궁금해할 필요도, 찾아 헤맬 필요도 없죠. 어린 시절이 없는 것하고 슬픔을 못 느끼는 것하고 관련이 있나요?

─정말로 지나간 시간에 대해서 아무 기억도 나지 않는단 말인가요? 땅거미가 질 때 갑자기 소리없이 열리는 대문이라든가, 한낮에 혼자 집에 있을 때 마당에 드리워지는 검은 그림자 같은 것, 그런 것들이 얼마나 두려웠는지……

─아무것도 기억 안 나요.

─당신은 꿈을 꾸지 않는가보죠?

─왜요?

─사라져버린 일들은 모두 꿈속에 들어 있으니까요. 꿈속으로 가면 만날 수 있죠.

그럼 진이 날려버린 컴퓨터 파일도 꿈속에 저장돼 있다는 말인가. 진에게 그 사실을 말해주면 아마 당장 가서 파일을 찾아오라며 내 엉덩이를 걷어찰 것이다.

─꿈을 많이 꾸나보군요.

그녀는 고개를 살짝 끄덕였다.

─모르긴 해도, 슬플 때는 시간을 정해놓고 실컷 슬퍼하는 게 어때요? 무엇 때문에 그처럼 슬퍼했는지, 그런 자신이 이해가 안

돼서 어리둥절해질 때까지 말예요.

—어떻게요?

—그러니까, 물병 속의 물처럼 계속 마셔서 없애는 거예요.

—슬픔을요?

—그래요.

그녀가 나를 빤히 쳐다보았다.

—여자애한테 차였을 때 그렇게 해본 적이 있어요.

그것은 어느 정도 사실이었다. 그때 나는 어디를 가나 무엇을 보나 여자애가 연상되어 마음이 무거웠다. 피할 수 없다는 걸 깨달았으므로 아예 적극적으로 여자애 생각을 하기로 마음먹었다. 여자애가 잘 가던 카페, 잘 먹던 스파게티와 아이스크림 종류, 여자애가 쓰던 향수, 여자애가 좋아하던 영화배우와 노래들, 잘 쓰던 말투 따위를 줄기차게 떠올렸다. 그러다보니 얼마 안 가 그것들이 지겨워지고, 또 얼마 안 가 아무렇지도 않게 되었다. 수백 가지의 기억을 하나씩하나씩 잊으려면 얼마나 힘든 일인가. 그러니 기억이 아니라 감정 자체를 하나로 뭉뚱그려 잊어버리면 되는 거였다.

—그렇게 되면 여자애와 잘 가던 카페에서 만난 새로운 여자애가 그애처럼 똑같이 과일파르페를 주문해도 더이상은 여자애를 떠올리지 않게 되죠.

그녀는 내 말이 끝나기도 전부터 천천히 고개를 저었다.

—그렇게 쉽지 않아요. 당신은 슬픔에 대해 전혀 모르는군요. 슬픔은 태어날 때 생기는 것이고 행복한 순간에도 절대 없어지지 않아요. 마음속 어딘가에 늘 있어요. 꿈속에도 있고요.

그러고 나서 그녀는, 당신은 누구를 좋아해본 적이 없는 사람 같아요, 라고 덧붙였다. 내가 처음 듣는 말은 아니었다. 지난 여름 마지막으로 같이 잤던 여자애가 침대에서 담배연기와 함께 허공에 뿜어올린 말이기도 했고, 내 책상 서랍 속에 들어 있는 여자애들의 편지 가운데에도 그런 구절이 있었던 것 같았다. 누구를 미치도록 좋아하지 않는 것을 결핍이라거나 염치없는 짓이라고 생각한 적은 한 번도 없었다. 그런데도 그녀의 말을 듣자 나는 웬일인지 가슴이 조금 아팠다.

—이것 좀 볼래요?

그녀가 초록색 치마를 무릎 위로 걷어올렸다.

—여기 흉터가 아주 커요. 불이 났었거든요. 그때부터 짧은 치마는 입지 못해요. 보여요?

흉터는 잘 보이지 않았다. 전조등의 불빛을 통해 볼 수 있는 것은 그녀의 다리가 몹시 가늘다는 사실 정도였다. 맵시 같은 것이 나타나기 이전 어린애의 다리 같았다. 그녀는 다리를 한 쪽씩 쳐들더니 변속기 레버를 타고 넘어 그것을 내 무릎 위에 나란히 올

려놓았다. 그리고 두 손으로 치마를 팬티가 있을 만한 부분까지
바짝 끌어올리고는 다시 한번 말했다.

—보여요?

나는 내 무릎 위에 가로놓인 그녀의 다리로 시선을 내렸다.

희미한 전조등의 반사광 아래에서 보기에도 다리의 흉터는 몹
시 흉측했다. 허벅지에서 무릎까지 살갗이 심하게 일그러져 마치
꼬깃꼬깃 구겨진 비닐로 감싼 것처럼 번들거렸다.

갑자기 차갑고 미끄러운 감촉이 내 손목을 휘어감았다. 그녀가
내 손목을 붙잡고 있었다. 그녀가 이끄는 대로 내 손은 그녀의 다
리 위에 올려졌다. 그녀는 내 손바닥이 그녀의 허벅지를 쓰다듬어
흉터를 느낄 수 있도록 몇 번인가 팔목을 위아래로 움직였다. 손
이 차가운 데에 비해서 그녀의 다리는 따뜻했다. 생각처럼 그렇게
우툴두툴하지도 않았다.

내 손을 제자리에 갖다놓은 뒤 그녀가 물었다.

—당신은 몸에 흉터 같은 거 없어요?

나는 잠깐 생각해보았다. 흉터는 그 사람이 살면서 겪어온 사
건의 흔적이다. 스쳐갔던 상처들이 몸에 새겨져서 그때의 아픔과
시간을 기억하게 만드는 것이다. 흉터들을 다 합해 수식(數式)을
만든다면 그 흉터를 지닌 사람의 인생이 값으로 나올지도 모른다.

나에게는 그녀의 것처럼 큰 흉터는 없었다. 하지만 기억에 남

을 만한 치열함 없이 그럭저럭 살아왔다고는 해도, 나라고 해서 아픔의 시간이란 것을 완전히 면제받았을 리는 없다. 연필칼에 베인 자국이나 초등학교 교실의 난로에 손가락을 데인 자리 같은 것들. 그런데도 포경수술을 한 자리 말고는 흉터라고는 아무것도 생각해낼 수가 없었다.

─그 사람은 흉터가 많았어요.

그녀가 말했다. '그 사람'이 그녀를 수녀원에서 도망치게 만든 남자라는 건 묻지 않아도 짐작이 되었다.

─우리는 같은 마을에서 자랐어요. 그가 사는 고아원 옆에는 딸기밭이 많았지요. 늘 거기에서 함께 놀았어요. 어느 날 깨진 병조각을 밟아서 그는 엄지발가락을 다쳤어요. 어딘가가 끊어져버렸기 때문에 그때부터 절름거리게 되었죠. 일찍부터 오토바이를 탔고, 우리 마을에는 그가 절름거리는 것을 한 번도 못 본 사람도 있었지만요. 그는 흉터가 아주 많아요. 그는 늘 제 곁에 있었고 저 대신 다쳤어요. 그 깨진 병조각도 그가 밟지 않았으면 아마 제 발에 밟혔을 거예요.

두 다리를 내 무릎 위에 올리고 있었으므로 그녀의 몸은 내 것과 직각을 이루고 있었다. 그렇게 각기 다른 쪽을 쳐다보고 앉은 채 그녀와 나는 무심히 어둠을 바라보았다. 그녀의 다리는 전혀, 조금도 무겁지 않았다.

이제 별은 보이지 않았다. 나는 차창을 조금 내렸다. 싸늘하고 축축한 밤공기가 호기심 많은 정령들처럼 얼른 그 틈을 비집고 몰려들어왔다. 차문도 조금 열어두었다. 불현듯 담배를 갖고 나오지 않았다는 것을 깨달았다. 그리고 지금쯤 진이 깨어나지 않았을까 하는 데에도 생각이 미쳤다.

—왜요?

그녀가 물었다. 그녀는 나를 빤히 쳐다보고 있었다.

—왜 이마를 찡그리죠?

담배나 진 때문에 나도 모르게 얼굴을 찡그렸다는 게 좀 우스웠으므로 나는 가볍게 웃음을 지었다.

—화난 줄 알았어요.

—아녜요.

—당신은 세상에서 제일 무서운 게 뭐예요?

—생각 안 해봤는데.

나는 솔직히 대답했다.

—저는 화난 사람이 제일 무서워요. 뭔지 모르지만 제가 사람들을 화나게 만드나봐요. 사실 저는 아무것도 할 줄 아는 게 없어요. 뜨개질도 못 하고 자전거도 잘 못 타요. 아이도 돌볼 줄 모르고 책 읽기도, 그리고 기도까지도요.

그녀는 얼마 안 가 폐기처분될 고장난 전축처럼 한번 더 되풀이해서 중얼거렸다.

—아무것도요,. 기도까지도요.

—혼자 있을 땐 뭘 하죠?

—저는 그냥, 혼자 가만히 있는 게 좋아요. 그리고 잠자는 것하고. 잠을 자면 꿈을 꿀 수 있으니까요.

—악몽은 꾸지 않나보군요.

내 머릿속에는 레인 캐슬에서의 고통스럽던 꿈이 떠올랐다. 여자와 성벽과 회전목마. 그것이 악몽이었는지는 알 수 없지만.

—제 꿈속에는 그가 살아요. 조그만 마을의 기와집에서. 마당에 우물이 있고, 부엌 안에는 검은 솥과 수도꼭지가 있는 집이죠. 댓돌 위에는 그의 신발이 놓여 있고요. 그는 신발이 두 켤레예요. 언제나 제 곁을 떠나지 않고 함께 다니는데도 댓돌 위에는 또 한 켤레가 놓여 있거든요.

—언제나요? 그 사람은 외출 같은 건 하지 않나요?

—어쩌다 밖에 나가고 없는 때도 있긴 해요. 그런 때 그는 자기의 발만 끊어서 내 곁에 두고 가지요. 그럼 저는 그의 발과 함께 마당으로 우물가로 돌아다녀요. 사랑하는 사람들은 언제나 곁에 있는 거니까요.

—그 사람은 왜 죽었어요?

─불이 났을 때요. 저는 정신을 잃었어요. 병원에 찾아온 사람들이 그의 소식을 알려줬죠. 눈을 다쳤다고도 하고 멀리 도망쳤다고도 하더니 나중엔 죽었다고 말해주었어요.

나는 잠자코 있었다. 다행히 그녀는 그다지 슬픈 것 같지 않았다. 대신 황급히 일어나며, 가야겠어요, 하고 말했다. 나는 꿈에서 깨어난 듯 별안간 멍해졌다.

─어디로 갈까요?

자세를 고쳐앉으며 내가 물었다.

갑자기 그녀는 윗몸을 앞으로 숙이는가 싶더니 미끄러지듯 내 무릎 위로 올라앉았다. 다음 순간 흰 운동화가 바닥에 닿는 소리가 났고 그녀의 어깨뼈가 내 가슴팍에 닿았다. 그녀의 뺨이 내 왼쪽 어깨를 가볍게 스쳤다. 열려 있던 차문이 크게 젖혀지더니 초록 원피스는 이미 차 밖으로 나가 있었다.

그녀는 숲 앞에 섰다. 헤드라이트의 뿌연 불빛에 비쳐 그녀의 모습은 실패한 흑백사진 같았다. 빛이 들어간 필름으로 찍은.

─이제 가세요.

그녀의 목소리에는 어떠한 결연함도 동요도 없었다. 차문은 열린 채였다. 내가 밖으로 나가려고 하자 그녀는 한 발짝 뒤로 물러섰다. 그녀의 등뒤에는 검은 숲뿐이었다. 그때 왜 그런 생각을 했는지 알 수 없다. 내가 움직이면 그녀는 금방이라도 몸을 돌려 끝을 알 수 없는 밤의 숲 속으로 달아나고, 그리고 그 너머 어딘가의 캄캄한 나락 아래로 떨어져버릴 것만 같았다. 또하나의 종말에 대한 영상이었을까.

나는 꼼짝도 할 수 없었다. 그녀의 모습은 점점 윤곽이 희미해져 마치 가장자리에서부터 조금씩조금씩 녹아 없어지는 듯했다. 눈에 잘 보이지 않아서인지 말소리도 작게 들렸다.

—그냥 가세요. 괜찮아요. 제가 어디에 있든 찾으러 오니까요.

—누가 말인가요?

—그 사람이요.

—누구라구요?

—노웨어맨.

검은 밤을 배경으로 그녀의 흰 운동화가 걷기 시작했다.

나는 기어를 변속하고 난폭하게 차를 출발시켰다. 가속페달을 힘껏 밟았다. 그녀가 가는 방향을 따라 속도를 높였다. 다음 순간 내 차는 희미한 그녀의 윤곽을 거칠고 빠르게 스쳐 지나갔다. 진이 잠들어 있는 콘도미니엄과 반대방향이라는 사실은 내 머릿속에 전혀 떠오르지 않았다.

한참 동안 무언가를 뒤쫓듯이 정신없이 운전을 했다. 마치 누군가의 조종을 받는 충직한 하수인처럼 열중한 채로. 길이 있었고 그 위로 내 차가 달렸다. 그뿐이었다. 아무 생각도 나지 않았다.

오직 머릿가죽과 내장을 한꺼번에 그러모아 잡아당기는 듯한 끔찍한 두통이 다시 찾아와 나를 앞으로 이끌 뿐이었다.

얼마가 지났는지 불현듯 운전하기가 불편하다는 느낌이 들었다. 그러고 보니 앞유리가 좀 흐린 것 같았다. 나는 눈을 몇 번 깜박였다. 유리가 흐린 게 아니라 얼룩이 잔뜩 끼어서 아무것도 보이지 않는 거였으며, 그 얼룩은 빗방울 자국이었다. 와이퍼를 작동시켰다. 와이퍼 지나간 자리가 깨끗이 닦이면서 창에 부채 모양의 세상이 드러났다. 빗속으로 새벽이 오고 있었다. 그녀는 맑은 밤하늘 아래로 걸어갔고, 그리고 별도 떠 있지 않았던가. 머릿속의 모든 것이 뒤죽박죽이었다. 어쨌든 꽤 먼 거리를 온 것만은 틀림없었다.

외딴 주유소에 차를 댔을 때는 동쪽 하늘이 온통 낮고 붉은 구름으로 물들어 있었다.

빨간 모자를 쓴 주유원이 다가왔다. 모자 밑의 얼굴은 주름이 쭈글쭈글한 중늙은이였다. 담배는 안 팔죠? 내 말투가 좀 간절하게 들렸는지 늙은 주유원은 윗주머니에서 자기의 담뱃갑을 꺼냈다. 주머니에 담뱃갑을 넣은 채 기름탱크 옆에 서 있는 주유원이란 약간은 이상했다. 내가 사양하는데도 그는 담배를 몇 개비 꺼내 부득부득 손에 쥐여주었다. 잠을 못 잔 것 같은데, 담배라도 피워야 안 졸고 가지. 늙은 주유원은 친절했다.

그가 나에게 말했다. 이제 이 창은 닫는 게 좋겠어요. 아무리 졸려도 그렇지. 비 오는 날 창문을 이렇게 열어놓고 달리면 몸이 얼어붙을 텐데. 왼쪽 어깨가 흠뻑 젖어 있다는 걸 그때 비로소 깨달았다. 움직이려고 해보았지만 어깨는 굳어진 석고처럼 딱딱했다. 나는 오른손을 들어서 왜 여기 있는지 모르겠다는 듯 운전대 위에 아무렇게나 얹혀 있는 왼손을 만져보았다. 의수처럼 차고 뻣뻣했다. 나는 오른손으로 지갑에서 돈을 꺼내 건네주며 물었다. 언제부터 비가 왔죠? 돈을 세던 주유원은 못 들은 모양이었다.

차를 출발시켰다. 서울이 멀지 않은 것 같았다. 진은 투덜대겠지만 나의 실레 화집과 『성』을 내버리고 오지는 않을 것이다.

YOU WON'T SEE ME

We have lost time
That was so hard to find

변한 것은 없었다. 시간이 흘러갔을 뿐.

작년에 인턴과정을 끝내고 나는 수련의가 되었다.

인턴 생활이란 것은 정신없이 바빠 하루가 저무는 것 말고는 아무것도 느낄 필요가 없었다. 결혼한 친구들은 더했다. 그들은 두어 주일에 한 번씩 오직 곯아떨어지기 위해 아내의 집에 들어갔다.

한 친구는 자신이 잠든 동안 아내가 발에 비닐봉지를 씌워놓곤 한다고 불평했다. 살갗 속까지 배어들어가 어엿한 발의 일부로 자리잡은 발냄새를 아내들은 잘 참지 못했다. 어느 날 친구는 발을 씻으며 개업한 선배들의 얘기를 아내에게 들려주었다. 산부인과 전문의를 딴 뒤에 공장 많은 지방 도시에서 개업한 선배가 있거든. 근데 말야, 언제부턴가 거리에서 여공들을 보면 중절 수술비

단위로 머릿수를 세는 버릇이 생겼대. 한 명 두 명 세는 게 아니라, 삼십만원 사십만원 그렇게 세는 거야. 그러면 아내들은 깔깔 웃으며 인턴과정 동안의 발냄새와 외로움 따위를 참기로 마음먹는 모양이었다.

그때에 비하면 지금의 수련의 생활은 여유가 있는 편이었다. 특히 나는 중간 규모의 안과병원에 있었기 때문에 대학병원 같은 데 있는 다른 친구들처럼 정신없이 휘돌아치지는 않았다. 환자는 많았다. 하루 종일 시력검사를 하거나, 치료의자에 앉은 환자의 고개를 젖히게 하고 안구를 소독해야 했다. 시약을 넣어주기도 하고 적외선 치료기 앞에 앉히기도 했다. 저녁에는 연구과정이 있었고 그밖의 다른 공부도 소홀히 볼 건 아니었다. 그러나 힘들다기보다는 단조로운 쪽에 가까운 생활이었다.

이따금 진을 만났다. 진은 고향 근처 바닷가 도시의 보건소에 있었다. 올 봄에 차를 갖게 된 진은 맥주를 마시고 싶을 때는 몇 시간씩 밤길을 달려 나를 만나러 왔다. 물론 그런 날은 대개 토요일이었다. 맥주잔을 부딪치며 나누는 우리의 첫 대화는 언제나처럼 싱거웠다. 별일 없지? 그럼, 바닷가 여자들은 내 덕분에 모두 다 잘 있어. 줄리아도 잘 있고. 줄리아가 누구야? 줄리아, 바다의 소녀, 조개껍데기같이 또렷한 눈동자, 바람 같은 미소, 새벽의 달빛, 줄리아, 잠자는 모래, 고요한 구름. 그러나 내가 하는 말의 대

부분은 의미 없는 것……[2]

　우리는 변한 게 그다지 없었다. 하긴 변했다거나 변하지 않았다거나 하는 것을 구태여 의식한다는 것이 변화일지도 모른다. 사람들은 변화라는 것을 지나치게 의식하는 것 같다. 오늘이 어째서 어제와 다르다 혹은 다르지 않다, 졸업 전후와 결혼 전후 아니면 21세기가 되기 전과 그후, 삼십이 되기 전과 된 다음, 그것들이 이런 점에서 달라졌다 달라지지 않았다 하면서 지나간 자신과 현재의 자신을 비교하기를 잊지 않는다. 또한 늘 나이를 의식한다. 나는 나이를 의식한다든지 나는 의식하지 않는다든지, 라고 토를 달아가면서.

　어떤 조건에 따라서 어떤 식으로 변해야 당연하다는 기준이라는 게 있을까. 하긴 그런 것을 가리켜 사회성이나 '상식'이라고 말하는지도 모른다. 아무튼 그런 식의 삶에는, 도달하든 도달하지 못하든 가고자 하는 방향이 있는 것 같다. 나하고 다른 방식임에는 틀림없다.

　진은 우리가 변했다고 생각하는 모양이었다. 내가 전에 비해 원만해지고 간혹 친절하기까지 하다고 비웃곤 했다. 사람 버렸어. 점점 다른 놈들하고 똑같이 되어가니 말야. 하긴 나도 그렇지. 보건소에서 다들 나를 뭐라고 부르는 줄 알아? 뭐라고 하는데? 의사선생님이래. 진은 어깨를 과장되게 흔들며 웃어젖혔다. 그게 어때서? 생각해봐. 헤이, 주드라고 불러달라던 놈한테 선생님이라니. 그래서, 주드라고 불러달랬어? 아니. 진이 고개를 흔들었다. 네, 저는 바로 의사선생님인데요. 어디가 불편하세요? 하면서 부드럽게 웃지. 왜 그러는데? 그거야, 진짜 의사선생님이니까.

그러나 진의 말처럼 정말 내가 친절해졌다 해도 그것은 진의 짐작과 같은 이유는 아니었다.

아주 가끔이지만 나는 잠들기 전에 슬픔에 대해 생각해보곤 했다. 그러다보면 슬퍼질 때가 이따금 있었다. 내가 변한 것처럼 보였다면 아마 그것 때문이 아니었을까.

한때 나는 한 스포츠신문의 귀퉁이에 연재되다 만 '알쏭달쏭 잡학'이란 얼토당토않은 칼럼을 즐겨 읽었다. 어느 날은 '그리운 사람에게 내 꿈을 꾸게 하는 방법'이라는, 최악의 얼토당토않은 제목이 눈에 띄었다. 일단 잠들기 전 그 사람 생각을 한다, 그리고 잠이 든 다음에는 베고 자던 베개를 뒤집으라는, 터무니없다 못해 정말로 알쏭달쏭하기까지 한 이야기였다. 물론 나는 몇 번인가 시도를 해보았다.

잠을 자다가 베개를 뒤집는 것, 그것은 불가능하다고 할 만큼 어려웠다. 손바닥을 뒤집는 것과는 분명 다른 차원의 일이었다. 단 한 번도 그녀의 꿈을 꾸지 못했던 나는 그렇게 해서 그녀로 하여금 내 꿈을 꾸게 하는 데에도 실패하고 말았다.

꿈꾸는 법에 관한 일은 얼마 안 가 잊혀졌다. 다만 여자애들을 만나도 전처럼 별 생각 없이 함께 자진 않게 되었다. 처음부터 그리 강렬할 것도 없었으니 새삼 섹스에 대해 흥미를 잃어버렸다고 말할 수도 없지만, 어쨌든 그랬다. 그 대신 이따금 여자애들을 집까지 바래다주고 돌아왔다. 그런 얘기를 들으면 진은 네가 어쩌다 그렇게 친절해졌는지, 참으로 불쾌한 일이라고 빈정거렸다.

나는 친절해진 것이 아니었다. 누군가를 슬프게 할까봐 조금 조심스러워졌을 뿐이다.

진도 물론 그것을 모르진 않았다. 진은 나에 대해 거의 모든 것을 알았다. 진이 묻지 않고 내가 설명하지 않더라도 말이다. 설천에서 돌아와 내 가방을 전해주러 왔을 때도 그랬다. 진은 설명을 요구하지 않았다. 네 가방 여기 있어. 진이 간단히 말할 때는 별로 말하고 싶지 않다는 뜻이었다. 나는 그것을 존중했다.

진이 올라오는 토요일에 우리는 자주 취했다. 진은 노래를 불렀고 나는 그 노래를 들으며 맥주를 마셨다.

매일의 불안이 무엇이든지 괜찮아 괜찮아.
자신의 잘못인지 아닌지 그런 건 상관없어.
시계를 보는 건 시간의 낭비.[3]

그리고 일요일 새벽에 혼자 깨어나서는 냉장고 속의 물병을 꺼내 찬물을 들이켰다. 진이 불렀던 노래의 리듬은 그때까지 남아 내 입 속에서 떠돌았다. 물병 속의 물처럼, 슬픔을 마셔버린다고? 괜찮아 괜찮아, 그런 건 상관없어.

나는 변함없이 살고 있었다.

내가 사는 집은 복합건물의 2층이었다. 아래층에는 피자집이 있었다. 바로 옆의 건물은 소방서였고 길 건너편으로는 주유소가 자리잡았다. 주유소에서 일하는 아이들은 자주 바뀌었다. 내 차에 기름을 넣은 뒤 깜빡 잊었다며 주유구 마개를 손에 들고 차를 따라 백 미터도 넘게 뛰어왔던 주근깨 소년도 금방 그곳을 떴다. 소방서와 주유소를 가르는 6차선 도로는 차가 많이 다니지 않는 신도시의 한적한 뒷길이었다. 손님은 많지 않았다.

밤이 되어도 마찬가지였다.

깊은 밤 창가에 서서 밖을 내다보면 모든 것은 너무나 조용했다. 소방서의 소방창고 안에는 여전히 빨간 소방차 두 대가 무심히 잠들어 있고, 문을 닫은 주유소에 환하게 불을 밝힌 간판만이 혼자 밤거리를 지키고 있었다. 피자집의 옥외 파라솔 아래 앉아 있던 바람이 패거리를 규합해 다시 밤거리로 나가는 기척이 들릴 뿐이다.

이따금 낯선 소리가 들리면 여전히 시계를 쳐다본다. 그러나 특별한 일은 일어나지 않는다. 절대적이란 말을 어디에 써야 할지 아직 찾아내지 못했고, 이따금 『성』을 읽다가 잠들면 프라하 꿈을 꾼다.

대체 그녀를 숲에 버려두고 온 그 밤이 실제로 있기나 했던가?

NOWHERE MAN

입 속에 불이 붙은 듯 목이 말랐다. 해는 뜨거웠고 하얗게 구부러진 길은 끝이 보이지 않았다. 그러나 나는 계속 걸었다. 누군가를 만나러 가고 있었다. 대기는 바스라질 듯이 건조했으며 발밑의 흙에서는 쉴새없이 붉은 먼지가 일었다. 갈증이 너무나 고통스러웠으므로 나는 멈춰 섰다. 뒤를 돌아보았다. 내가 조금 전 지나쳐 온 곳에 우물이 있는 게 보였다. 우물. 그러고 보니 그 우물에서 물을 마셨던 기억이 났다. 하지만 지금 쏟아지는 햇빛 아래 서서 우물을 돌아보고 있는 나는 오랫동안 물을 마시지 못했다. 어떻게 된 걸까. 나는 중얼거렸다. 시간을 거꾸로 거슬러서 걸어온 걸까.

머리 위의 해가 너무 뜨거워 나는 땀을 흘리며 잠에서 깨어났다.

그날은 아침부터 환자가 밀려들었다. 병원 로비에서부터 복도며 대기실, 진료실이 온통 눈자위가 붉은 환자들로 가득했다. 그들은 붉은 눈을 내리깐 채 서로의 시선을 피하며 조용히 오고 갔다. 사나운 여름 눈병이 유행하고 있었다.

평소 안과병원은 대체로 조용하다. 생사가 갈린다든가 응급인 경우는 별로 없다. 고통스러운 신음도 어린애 울음소리도 들리지 않는다. 대기실의 환자들은 자판기의 커피를 마시거나 뉴스로 채널이 고정된 케이블 방송을 멍하니 쳐다보며 순서를 기다렸다. 간혹 대기실에 비치된, 이 병원의 재단이 최근 설립인가를 받은 의과대학에 관한 홍보책자를 뒤적이는 사람도 있었다. 그들은 무료한 얼굴로 금방 책자를 덮곤 했다.

진료도 언제나 느긋하게 이루어졌다. 이 병원은 의사 개인별 진료실이 따로 없고 커다란 홀의 벽 쪽으로 여러 개의 책상과 진료대와 세면시설이 나란히 배치되어 있는 구조였다. 한가운데는 공동의 치료시설이 있었다. 안과병원 특유의 조도가 낮은 불빛 아래 책상을 하나씩 차지하고 앉은 의사들은 결코 서두르지 않았다. 각자 자기의 환자와 나직하게 얘기를 나눈 후 렌즈를 통해 상처난 안구를 들여다보았고, 간호사에게 진료 지시를 내리고 나서는 다시 책상 위로 몸을 굽히고 다음 환자가 올 때까지 차트를 뒤적이거나 두꺼운 원서를 들추거나 하였다.

그러므로 여름 한철 눈병이 유행할 때 진료실의 풍경은 재난이라도 일어난 듯 어수선해 보였다. 나는 평소에는 하지 않는 간호사 몫의 일에까지 움직여야 했다. 오후 진료부터는 피로가 느껴졌다. 아무 생각 없이 순번대로 이름을 부르고 네, 라고 대답하는 환자를 얼굴도 보지 않고 데려다가 담당의사 앞에 놓인 둥근 의자에 앉혔으며, 치료대에 눕히고 소독하고 약을 넣고 수건을 같이 쓰지 말라는 둥 수영장에 가지 말라는 둥 그저 그런 주의사항을 일러준 다음 처방전에 따라 적외선 치료대와 주사실로 안내했다. 그러다가 나는 대기의자에 앉아 있는 한 여자에게서 문득 눈길을 멈추었다. 그녀는 폭이 좁고 긴 초록색의 소매 없는 원피스를 입고 있었다.

그녀의 머리카락은 짧았고 희고 여윈 팔 속으로 푸른 핏줄이 비쳐 보였다. 환자의 눈 속에 안약을 조준해 넣으며 나는 중년 신사 하나가 그녀의 흰 운동화를 밟고 지나가는 것을 곁눈으로 흘끗 보았다. 사과하는 신사에게 멍한 시선을 던지는 그녀는 신사의 말을 듣고 있는 것 같지 않았다.

마침내 그녀가 의자에서 일어났다. 이름이 불려진 모양이었다. 나는 귀를 기울였다. 한미라님, 한미라님─간호사는 분명 그렇게 부르는 것 같았다.

그녀는 다른 환자들과 다를 바 없는 치료 순서를 거친 뒤 진료실을 나갔다. 나는 망설이지 않았다. 그녀를 뒤따라 나갔다. 옆에 있던 간호사에게 잠시 일을 맡아달라고 부탁하는 데에 삼십 초 정도가 걸렸을 뿐이었다. 그러나 그녀는 보이지 않았다.

로비로 나가보았지만 찾을 수 없었다. 접수대와 자원봉사 데스크, 공중전화부스에도 없었다. 어딜 가나 붉은 눈자위를 내리깐 채 느릿느릿 돌아다니는 환자들과 맞닥뜨릴 뿐이었다. 나는 로비 구석에 줄을 맞춰 놓인 플라스틱 의자에 가서 앉았다. 마치 나 자신의 엉덩이를 붙인 것이 아니라 내가 갖고 다니던 무거운 짐을 의자에 내려놓은 듯한 둔한 소리가 났다. 거기 앉아 있는 사람들은 모두 같은 방향을 올려다보고 있었다. 나도 그들이 보는 것을 한참 동안 함께 쳐다보았다. 조금 후에야 그것이 약 타는 순번을 가리키는 숫자판이란 걸 깨달았다. 그리고 나 자신이 아무 생각도 하고 있지 않으며, 내가 무엇을 하는지조차 의식하지 못하고 있다는 것도 깨달았다.

그대로 일어나 진료실로 되돌아갈 마음은 들지 않았다. 그보다는 내가 거기 앉아 있는 이유에 대해 잠깐 생각해보는 편이 나을 것 같았다. 뭘 좀 마시고 싶은 것도 같았다. 자판기를 찾기 위해서 나는 천천히 고개를 돌렸다. 그녀는 자판기 앞에 있었다. 나를 바라보고 서서. 나와 눈이 마주치자 그녀의 눈 속에 따뜻한 빛이 짧게 깃들었다.

─계속 당신을 보고 있었어요.

그녀의 말에 웬일인지 나는 웃고 말았다.

─내 이름 기억해요?

내 물음에 그녀는 고개를 저었다.

그녀의 눈을 보니 병원 복도를 가득 메운 붉은 여름 눈병 환자
는 아닌 것 같았다.

─눈동자가 많이 긁혔대요. 눈앞이 흐려서 제 손바닥도 뚜렷이
안 보이거든요.

그녀의 눈자위는 약간 뿌옇고 시울이 잔잔히 젖어 있었다. 설
천의 밤 숲에서처럼 금방 눈물을 떨어뜨릴 것만 같은 눈이었다.
눈 속에 모래알이 굴러다니면서 여기저기 찔러대는 것 같아요. 그
녀가 눈을 깜박거렸다. 어쨌거나 나는 의사였고 환자의 환부를 보
고 있는 셈이었다. 그런데도 그녀의 얇은 눈꺼풀이 깜박일 때마다
내 머릿속에서는 나비의 날갯짓이 연상되었다. 번데기 허물을 벗
은 뒤 갈증을 느낀 아름다운 나비가 바다거북의 눈 위에 앉아 눈
물을 마시는 장면이 꼭 그럴 것 같았다.

다음날 그녀는 오전에 치료를 받으러 왔다. 우리는 전날처럼
약이 나오기를 기다리는 사람들과 함께 플라스틱 대기의자에 앉
아서 자판기 커피를 마셨다. 그 다음날도 그녀를 오전에 볼 수 있

었다. 그리고 다음날은 금요일인데 그녀는 오후에 왔다. 그녀가 눈이 점점 나아가고 있다고 말했으므로 나는 표정이 좀 흐려졌다.

그녀가 나를 쳐다보았다.

―아직 당신 얼굴이 똑똑히 보이지 않아요. 밤에 희미한 불빛 아래에서 보는 것처럼 조금 흐려요.

―그런데 첫눈에 어떻게 나를 알아봤죠?

―저는 알아봐요.

―우린 딱 한 번 만났고, 그것도 몇 년 전이었어요.

―모르겠어요. 어쨌든 당신이라면 알 수 있어요. 어디에 있든.

가야겠어요, 하며 그녀는 초록색 플라스틱 의자에서 몸을 일으켰다. 그녀의 무릎 위에 놓여 있던 빈 종이컵이 발 밑으로 굴러떨어졌다. 나는 그것을 주워 내 컵 위에 겹쳐들고 가서 쓰레기통에 버렸다. 그녀의 컵은 새 컵처럼 아무런 흔적도 나 있지 않았다.

그녀에게서는 체액이나 지문 따위도 묻어날 것 같지 않았다. 눈물을 빼고는 그녀의 몸속에 들어 있는 어떤 육체적 실체도 그녀와는 어울리지 않았다. 식인종이 그녀를 먹는다면 너무 심심하다고 도로 뱉어버릴지도 모른다.

그날 퇴근 무렵에 나는 나를 그 병원에 추천했던 선배에게서 몇 가지 주의를 들어야 했다. 그는 의사의 세계가 철저한 도제사회임을 강조하며 윗사람의 눈 밖에 나는 일은 하지 않는 게 좋겠다고 충고했다. 내가 귀담아듣지 않는다고 생각했는지 선배는 자리를 자주 비우지 말라는 뜻이라고 설명해주기까지 했다. 사실로도 나는 잘 듣지 않고 있었다. 그녀는 토요일에는 오지 않는다. 그러나 일요일이 되면 나를 만나기 위해 병원 앞으로 나올 것이다. 나는 그녀와의 약속만을 생각했다.

일요일은 몹시 더운 날씨였다. 금방 샤워를 했는데도 드라이어로 머리를 말리고 나니 벌써 겨드랑이가 축축했다. 옷장 안에 손질이 된 새 셔츠가 있어서 다행이었다. 다림질까지 해야 한다면 누구를 만나기도 전에 그 사람에게 미리 짜증이 나버릴 것 같은 날씨였다.

그녀는 뜨거운 아스팔트 위에 서 있었다. 조그만 챙이 있는 흰 모자를 더 썼을 뿐 언제나처럼 초록색 옷에 흰색 면운동화 차림이었다. 그녀를 태우고 나는 강 쪽으로 차를 몰았다. 휴가를 떠난 사람이 많아서 도로는 한산한 편이었다. 조정 경기장의 표지판을 지나치자 얼마 안 가 유원지의 팻말이 보였다. 강을 사이에 두고 한쪽에는 긴 잔디밭이, 그리고 반대쪽에는 숲이 펼쳐졌다.

나들이 나온 가족들이 잔디밭에 무리를 지어 흩어져 있었다. 어른들은 배드민턴을 치고 술을 마시고 화투를 치고 수박을 쪼개 먹었다. 조금 큰 아이들은 오리 모양의 유람보트를 타기 위해 줄을 서고 작은 아이들은 공놀이를 했으며 캠코더를 든 부모들이 그 뒤를 따라다녔다. 화장실이나 아이스크림 파는 노점을 향해 열심히 뛰어가는 아이들도 있었다. 연인들은 지나가는 사람을 붙잡고 카메라의 셔터를 눌러달라고 부탁했다.

그 모든 풍경의 앞으로는 강이 가로놓여, 제 몸속의 물을 바다로 천천히 흘려보내듯이 사람들의 시간을 조금씩 흘려보내고 있었다. 사람들은 유원지에서의 한순간을 정지시켜서 카메라에 찍어 간직하지만 강은 그렇지 않았다. 시간을 간직할 필요가 없어 보였다. 어쨌든 강은 사람보다는 유구한 존재이므로 상대하는 시간의 단위도 다르기는 할 것이다. 강이 한순간의 제 모습을 사진으로 찍을 때는 조리개를 한 세기 동안 열어놓을지도 모른다.

차에서 내린 뒤 그녀와 나는 숲을 등지고 나란히 앉았다. 그리고 오랫동안 강을 바라보았다.

ㅡ저는 물을 참 무서워했어요.

무릎 위에 팔꿈치를 대고는 두 손으로 턱을 받친 채 그녀가 입을 뗐다. 웅크리고 앉은 그녀의 몸은 아주 작아서 어느 순간 날개가 펼쳐져 그대로 공중으로 가볍게 떠오를 것만 같았다.

ㅡ강이나 바다가 나오는 영화까지도 무서워했으니까요. 무엇보다 아주 깊은 산 속의 막다른 장소에서 세차게 폭포가 떨어지고 있으면 정말 무서웠어요.

내 머릿속에는 무협영화의 장면이 그려졌다. 무협영화 속의 주인공에게는 어김없이 스승이나 부모의 원수를 갚기 위해 무술을 연마해야 하는 과업이 주어진다. 그러려면 먼저 깊은 산으로 들어가야 한다. 산 너머에 또 산이 있고 골짜기 속에 또 골짜기가 들어 있으며 구름 위에 다시 구름이 겹쳐 있다. 그런 광대한 곳을 헤매는 주인공의 존재는 바다의 모래 알갱이 하나처럼 미미하다. 문득 모든 것이 덧없다. 그대로 바람 속에 섞여들어 이름 없는 존재가 돼버리고 싶어진다. 그러다가 주인공이 마지막에 닿는 곳은 신비한 계곡의 폭포 아래이다. 어쩌면 그녀는 속계와 초월세계의 경계점인 듯한 그 폭포의 소리에 공포를 느꼈는지도 모른다.

 ─뭔가 내가 상상할 수 없을 만큼 넓고 오래된 세상이 있는 것 같았어요. 아무것도 끝나지 않는 세상 말예요. 빠져나갈 수도 없고 없어지지도 않고 계속해서 반복되는 영원한 세상. 그걸 생각하면 너무 무서웠어요.

 ─계속 반복되는 영원한 세상?

 ─만약 그런 게 있다면요. 그럼 저는 먼지처럼 정말 아무것도 아니겠죠? 그런데도 태어나야 하는 건 좀 슬프지 않나요? 제가 그런 말을 하면 화를 냈어요.

 ─누가 화를 내는데요?

 ─모두가요. 그 사람만 빼고.

—노웨어맨?

그대로 강을 바라보며 그녀는 고개를 끄덕였다.

—내 이름 기억해요?

내 물음에 그녀가 처음으로 웃음을 지었다. 이름을 기억하는 것 같진 않았다.

그날 그녀는 나를 한 번도 부르지 않았다. 당연한 일이다. 그녀와 나는 서로를 만나기 위해 나왔고 그런 한은 계속 곁에 가까이 있었던 것이다. 둘만 있다거나 가까이 있을 때 서로는 유일한 존재이며 그 사람을 남과 구분지어야 할 필요도 없으므로 이름이란 별로 소용이 없다. 이름이란 두 사람 이외의 타인이 존재하기 때문에 생겨난 것이고, 구별해야 할 타인의 숫자가 많으면 그것은 보통 번호가 되기 마련이다.

우리는 애기를 많이 나누지 않았다. 강을 바라보았고 숲길을 조금 걸었고 그리고 한순간 매미 소리가 소나기처럼 쏴아아 숲을 뒤덮을 때 짧게 눈이 마주쳤을 뿐이다. 길 중간에서 그녀는 걸음을 멈추고 모자를 벗더니 한 손으로 눈을 만졌다.

—눈이 아파요.

—내가 좀 봐도 되겠어요?

나는 그녀에게 가까이 다가섰다. 손을 소독하지 않았으므로 뺨과 눈썹뼈를 위아래로 살짝 밀어서 눈 속을 봐야 했다. 그녀의 눈동자는 흰 구름을 벗어나려는 검은 달처럼 느리게 흰자위 위를 움직였다. 그때 바람이 그녀의 짧은 머리카락을 가볍게 건드렸다. 그녀의 숨소리가 따뜻하고 부드러웠다. 한 손을 그녀의 뺨에 대고 다른 손을 눈썹에 올린 채 나는 한순간 멍해졌다. 언젠가 있었던 순간 같았던 것이다.

그녀가 혼잣말처럼 중얼거렸다.

─지금 같은 순간이 언젠가 있었던 것 같아요.

눈을 한번 깜박거린 뒤 그녀는 다시 천천히 걸음을 옮기기 시작했다.

─어릴 때 저는 비온 다음날 딸기밭에서 놀고 있었어요. 조그만 유리병 속에 나뭇가지로 진흙을 퍼담으며 놀았어요. 그런데 흙을 파내다가 잘못해서 작은 흙덩이 하나가 눈 속으로 들어가버린 거예요. 그가 눈꺼풀을 벌리고 불어주려 했지만 눈을 뜰 수가 없었죠. 귓가에서 그의 목소리가 들렸어요. 눈을 감지 말고 나를 쳐다봐. 내 눈을 똑바로 봐. 그래서 겨우 눈을 떴는데 그의 커다란 눈동자가 바로 앞에 있는 거예요. 유리구슬이 들어 있는 것 같은 눈이었죠. 따뜻한 숨소리도 들렸고요. 그때 어른들이 달려나와 그는 매를 맞고 밤까지 벌을 서야 했어요.

그녀와 나는 나무벤치에 앉았다. 나는 노웨어맨이라는 사람에 대해 생각했다.

이상한 남자라는 생각이 들었다. 아니 특별하다는 편이 맞을지도 모르겠다. 잘 다치는 약한 여자애를 지켜주기 위해 딸기밭을 절뚝거리며 돌아다니는 고아 소년이란 쉽게 상상하기 어려운 점이 있었다.

벤치 위에 놓고 온 모자를 가지러 되돌아갈 때 그녀는 딱 한 번 뛰었다. 그녀가 뛰어가는 발소리는 편두통이 오른쪽에서 왼쪽으로 살짝 스쳐가는 느낌처럼 예리하고도 익숙했다. 흰 모자를 쓰고 되돌아온 그녀와 나는 다시 나란히 걷기 시작했다. 그지없이 파란 하늘에는 구름이 한두 줄 아무렇게나 그어져 있었다. 어떤 지루한 사람이 시멘트 바닥에 흘린 물을 발끝으로 비벼 길게 늘여놓은 것 같았다. 아이들이 잘못 차서 빠뜨린 비치볼 하나가 강 위에 느릿느릿 떠내려갔다. 강을 끼고 길게 이어진 하얀 자전거길 위에서 이따금 자전거 바퀴가 은빛으로 빛났다. 그녀의 초록색 옷깃 속으로 들어갔던 바람이 치맛단을 가볍게 흔들며 싱겁게 빠져나오곤 했다.

더위가 한풀 꺾일 때쯤 우리는 유원지를 나왔다.

도심으로 향하는 고속화도로 진입로에서 그녀가 말했다.

─가고 싶은 곳이 있어요.

내 차는 위성도시를 가리키는 표지판 밑을 지나고 있었다.

그녀는 작은 마을을 보고 싶다고 말했다.

─저수지나 강을 끼고 있으면 좋겠어요. 구부러진 하얀 길이 마을을 에워싸고, 뒷산에는 비석이 몇 개 세워져 있고요. 또 과수원 옆에 조그만 성당이 있는 마을 말예요.

─그게 어디 있는데요?

─그건 몰라요. 꿈에 늘 가는 마을이거든요.

꿈속의 장소라지만 그런 마을을 찾는 것은 그리 어려운 일도 아닐 듯싶었다. 그녀가 묘사한 마을은 유니콘과 뮤즈들이 어울려 뛰논다든지 세계 평화가 이루어졌다든지 하는, 현실에서 불가능한 환상의 장소는 아니었다. 텔레비전 뉴스의 자료화면 같은 데에서 이따금 보았던 풍경인 만큼 국도를 지나다보면 어디에선가 쉽게 발견할 수 있을지도 모른다. 나는 첫번째로 만난 갈림길에서 무턱대고 샛길 쪽으로 운전대를 꺾었다. 시골길이 나타났고 조금 더 들어가자 비포장도로가 되었다. 길 양쪽을 따라 밭이 길게 이어졌다. 그리고 얼마 안 가 과수원이 나타났으므로 나는 차를 천천히 몰기 시작했다.

그러나 그뿐이었다. 저수지나 강 따위는 쉽게 눈에 띄지 않았다. 대신 험한 비포장도로가 차와 사람을 지치게 만들었다. 소나기가 지나갔는지 군데군데 물이 고여 있었으며, 질척하고 붉은 흙덩이가 바퀴 속으로 무겁게 감겨드는 바람에 운전하기도 몹시 거북했다. 해는 기울고 있었지만 여전히 볕이 뜨거웠다.

오르막길이 끝나고 내리막길이 시작되는 걸로 봐서 얼마 안 가 도시로 돌아가는 국도가 나타날 거라고 짐작되었다. 그녀는 지친 기색이었다. 흰 얼굴이 더욱 창백했다.

차를 세운 곳은 둔덕 옆이었다. 차에서 내린 그녀는 둔덕 아래를 물끄러미 내려다보고 서 있었다. 몇 걸음 걷지 않았는데 벌써 구두창에 붉은 흙이 무겁게 달라붙었으므로 나는 풀밭 위로 올라섰다. 그녀가 문득 둔덕을 걸어내려가기 시작했다. 그녀의 흰 운동화는 신기할 만큼 깨끗했다. 물 위라도 걸을 수 있을 성싶은 가벼운 걸음이었고 바닥에 거의 흔적을 남기지 않는 것 같았다.

둔덕 아래에는 폐가처럼 보이는 기와집이 한 채 있었다. 그녀의 걸음은 그 빈 집을 향하고 있었다.

그녀와 나는 함께 기와집의 마당에 들어섰다. 집은 넓었지만 멀리서 보는 것보다 훨씬 더 황폐했다. 문이란 문은 다 떨어져나갔고 그나마 붙어 있는 것도 일부러 그런 것처럼 문풍지가 발기발기 찢어져 사연 있는 흉가 같았다. 마루에는 먼지가 쌓이는 대신 붉은 흙덩이가 여기저기 말라붙어 있었다. 벽도 검댕과 흙자국으로 형편없이 더러웠다. 방구들까지 파헤쳐져 있었다. 게다가 숨이 막힐 듯한 정적으로 둘러싸여 나뭇잎 서걱이는 소리 하나 들리지 않는 것이, 마치 다른 시간 속이나 비현실적인 장소에라도 당도한 느낌이었다.

처마 밑의 하얀 회벽만이 이 집이 꽤 정갈한 집이었으리라는 짐작을 하게 해주었다. 하얀 회벽에는 어른의 허리쯤 되는 높이에 검은 줄이 몇 개 그어져 있었다. 손잡이 따위에 긁힌 자국처럼 보였는데, 뭔가를 기대놓았던 자리 같았다.

우리는 마당 한구석의 우물로 가보았다. 바닥이 흙으로 메워지고 자갈과 나뭇가지, 더러운 신발 한 짝, 비닐봉지 따위로 뒤덮인 마른 우물이었다. 우물 옆의 볼품없는 나무 아래에 서서 그녀는 메워진 우물을 물끄러미 내려다보았다. 그녀가 물었다.

―그런 우물 본 적 있어요? 발 옆에서 물이 찰랑거리는 우물.

―글쎄, 그게 뭐죠?

토관을 묻지 않은 우물을 말하는 것일까, 나는 잘 상상이 되지 않았다.

―바닥에 자갈돌이 깔려 있구요. 그 한가운데에 구멍이 뚫려서 그 안에 검은 물이 넘실거리고 있어요. 나무 테두리만 있는 깊은 우물인데 그 동네 사람들은 자갈돌 위에 앉아서 바가지로 물을 뜨는 거예요. 박우물이라고 불렀어요.

그녀는 어릴 적 '그'와 함께 가난한 동네에서 그 우물을 보았다고 했다.

―바로 제 발 옆에서 깊은 우물물이 넘실거리는데, 무서워서 도저히 내려다볼 수가 없었어요. 우물 쪽으로 조금 고개를 숙였다

가는 몸이 빨려들어갈 것만 같았거든요. 우물가에는 한 여인이 혼자 푸성귀를 씻고 있었어요. 그리고 그 여인의 아기가 우물 옆의 자갈 위를 아무렇지도 않게 기어다니고 있었고요. 그래도 아기들이 우물에 빠진 적은 없대요. 그 사람도 그 우물가에 버려진 아기였어요.

나는 갑자기 갈증을 느꼈다. 생각해보니 종일 뭔가 마신 기억이 없었다. 입 속에 불이 붙은 듯 목이 말랐다.

그녀가 나를 쳐다보지도 않고, 마치 미리 약속된 일이었던 것처럼 말했다.

―이제 물 마시러 가요.

우리는 물이 있는 곳을 알지 못했다. 그런데도 당연하다는 듯 기와집의 부엌으로 발길이 향했다. 나무문이 부엌 입구에 넘어져 있었다. 그것을 타고 넘어서 안으로 들어갔다. 부엌 안은 어둑신하고 서늘했다. 묵은 먼지로 뒤덮인 부엌 바닥에 우리의 붉은 흙 발자국이 두 줄로 고르게 찍혔다. 우리는 솥이 빠져나가 검은 입을 벌리고 있는 텅 빈 부뚜막을 지나쳤다.

그녀가 녹슨 수도꼭지를 돌렸다. 그러자 물이 소리를 내며 쏟아져나왔다. 모든 것이 죽어버린 이 집 안에 홀로 살아남아 집의 전생을 기억하게 하는 차가운 물소리.

너무나 분명했다. 그녀와 나는 이곳에 온 적이 있다.

나는 손목을 들어 시계를 보았다. 어떤 시간과 공간의 경계에 다다른 듯한, 그러니까 종말에 대한 반사작용이었을까.

그녀가 두 팔을 천천히 앞으로 뻗었다. 가느다란 실핏줄이 푸르스름히 비쳐 보이는 희고 여윈 두 팔이 나란히 물줄기 밑으로 다가갔다. 그녀는 조용히 팔을 움직여서 마치 흘러내리는 옷감을 말아 두르듯이 물의 결로 팔을 감쌌다. 그런 다음 허리를 구부리고 두 손을 그릇처럼 모아 그 안에 물을 받았다. 그녀는 그것을 내게 내밀었다.

나는 고개를 조금 숙여 그녀 손 안의 물을 마셨다. 내 입술에 닿은 것은 아주 조금의 물, 그리고 그녀의 젖은 손바닥이었다.

오므려져 있던 그녀의 손가락이 접시처럼 펴지면서 그 안에 내 얼굴을 담았다. 축축한 손바닥이 얼굴을 감싸왔다. 이마에 닿는 그녀의 손목은 선득하도록 차가웠으며 성스러운 세례처럼 나를 전율시켰다. 눈이 저절로 감겼다. 그녀의 손바닥 안에서 눈을 감은 채, 물줄기가 바닥으로 떨어져내리는 소리를 들었다. 소리는 점점 빠르고 드세지는 듯했다. 마치 낯선 사람이 다가오는 발소리처럼 그것은 나를 불안하게 만들었다.

긴 시간은 아니었다. 얼굴을 들었을 때 나는 그녀의 눈 속에 눈물이 가득 들어 있는 것을 보았다. 그녀의 눈물은 슬픔을 장례 지내는 정결한 제의 같았다. 순간 나는 몸이 산산이 깨지는 듯한 고통과 함께 아찔한 현기증을 느꼈다. 그것은 한순간 망막을 스쳐 지나가는 붉은 스크린처럼 어지럽고도 나른했다. 다시 눈을 감았다. 물줄기는 소리를 내며 계속 발밑으로 떨어지고 또 구두 위로 튀어올라왔다. 정신을 수습한 나는 약간 몸을 웅크리고 아주 천천히 수도꼭지를 잠갔다. 그리고 그녀가 사라져버린 것을 깨달았다.

부엌 밖으로 나와 그녀를 찾아보았지만 나는 소용없는 일이라는 것을 알고 있었다. 그녀는 없었다. 구부러진 길 위에도 메워진 우물 곁에도, 아무 곳에도 없었다. 잡초가 높이 자라 있는 기와집 울타리를 가로질러서 샛길로 사라져버렸는지 아니면 뒤꼍 어딘가에 버려져 있던 녹슨 자전거를 발견하고 급히 페달을 밟아 떠나버렸는지 알 수 없었다. 어쩌면 그냥 그 자리에서 연기처럼 사라져버렸는지도 모른다. 아니 어쩌면 그녀 자신이 아무 곳에도 없는 사람인지도 모른다. '노웨어맨' 말이다.

시간은 느리게 흘러갔다. 우물가에 서서 담배를 서너 대 피웠고 갈색 구두에 배어 있는 물얼룩을 노려보았으며 진이 흥얼거리던 노래가사를 생각해보기도 했다. 나는 언덕 위의 바보, 거기 그녀가 있는 걸 보았네, 아아 내가 울고 있는 이유는 하늘이 너무 파랗기 때문이라네…… 어느 사이 구두 위의 물은 다 말라 없어져버렸다. 증발되어버린 물처럼 그녀는 돌아오지 않았다.

해가 질 시각이었다. 서쪽 하늘에는 선명하고 동그란 선홍색 해가 수많은 구름을 거느린 채 하루의 마지막 황금빛 광채를 내쏘고 있었다. 저만치의 하늘에는 달이 나왔다. 그것은 슬픔에 찬 여인이 반달썰기를 하다가 실패한 무 조각처럼 귀퉁이가 베어 없어진 모습으로 희미하게 떠 있었다.

THINK FOR YOURSELF

Do what you want to do
And go where you're going to
Cos I won't be there with you

월요일에 그녀는 병원에 오지 않았다. 화요일에도, 수요일에도.

주말이 되어서야 나는 그녀가 다시는 오지 않으리라는 사실을 받아들였다. 약 타는 창구 앞의 플라스틱 의자에 앉아 커피를 마시는 일은 나 혼자서 계속하고 있었다. 그녀가 매일 병원에 올 때 그런 일은 하루에 한 번뿐이었다. 그러나 만날 때와 기다릴 때 소모되는 시간 배당은 매우 다른 법이라서, 그녀가 오지 않은 뒤로는 그 횟수가 서너 차례 더 늘었다. 선배에게 눈총을 받는 일도 늘어났지만 상관없었다.

그 주말에 진이 올라왔다. 진이 나를 만나러 오는 시간의 간격은 점점 벌어지고 있었다. 이제 진과 나는 넘쳐나는 생맥주 잔을 번쩍 들어서 알통을 실룩여가며 건배하지 않았다. 콜라병만한 외국 맥주를 손에 쥐고 병목을 살짝 건드리며 반가움을 표시했다. 그는 지방자치제가 활성화되어야만 바닷가에 사는 사람들도 현대의학의 진보를 실감할 수 있으리라는 말을 했다. 의료보험제도나 대학병원의 운영체계에 문제가 있다고 짐짓 목청을 높였다. 그런 다음에는 자기에게 그런 말을 들려주는 바닷가 도시의 유지들을 비웃었다.

나도 거들었다. 거기서 의무기간만 때우겠다더니, 이장에라도 출마해야 할 모양이군. 물론이지, 우선 결혼부터 하고. 진이 받아넘겼다. 나는 고개를 모로 끄덕여주었다. 그럴 줄 알았어. 어떤 여잔데? 거기 지방 신문의 기자야. 사회부겠군. 어떻게 알았어? 비브리오균 환자가 발생했을 때 취재 왔었지? 귀신이네. 진과 나는 슬슬 서로 노려보기 시작했다. 네가 일부러 여자 명함을 바닥에 떨어뜨리니까 여자가 관심을 보이기 시작했고? 빙고! 그리고 그 여자, 대학신문 기자였고 커트머리에 가슴이 납작하고 말이 좀 빠르지 않아? 틀렸어. 진이 엄지와 중지를 부딪쳐 딱 소리를 냈다. 그녀는 글래머야. 금발은 아니지만 긴 머리를 노랗게 물들였다구. 모든 털을 다 물들였어. 내가 확실히 장담할 수 있지. 그리고 검은 옷을 좋아하고, 초록색은 절대 입지 않아. 뭐라더라, 초록색 옷은 시간이 지나도 색이 잘 바래지 않는다고 지루하대. 나도 같은 생각이거든. 초록색은 조용히 스며들지만 조금씩 사람을 삼키는 색 깔이라고나 할까.

나는 더이상 대꾸하지 않았다. '하품하는 쌍둥이'의 농담은 거 기에서 끊어졌다.

진이 나를 흘끗 보았다. 탁자 위로 깊게 몸을 구부리더니, 뒷거 래에 능한 마약 단속반 형사와 돈 이외에는 누구의 편도 아닌 장 물아비의 1인 2역 배우처럼 목소리를 낮게 깔고 말했다. 털어봐 봐. 뭐 말야? 되묻는 내 말투는 덤덤했다. 술병을 쥐고 만지작거 리던 진은 병에 붙은 은색 라벨에 무심히 눈길을 준 채 다시 물었 다. 무슨 일 있지? 나는 진을 조금쯤 노려봐주려고 했다. 하지만 어쩐지 그렇게 되지가 않았다. 모든 게 시들했다.

진이 말했다. 여자 얘기 하나 해줄까. 피스타치오 껍질을 잘못 깨무는 바람에 시큰해진 이를 위아래로 부딪쳐 소리를 내며 내가 시큰둥하게 대답했다. 좋지. 사실은 문제가 좀 있어. 문제? 응, 여 자가 고집이 세. 그게 어때서? 고집 세다는 것이 무슨 뜻인 줄 모 르진 않겠지? 모르는데? 그건 내가 밀라노식 스파게티를 먹고 싶 다고 하는데도 볼로냐식 스파게티를 주문한다는 뜻이야, 알아? 몰라. 볼로냐엔 야채가 많이 나니까 음식에 야채를 듬뿍 넣는다고 어디서 들은 것 같긴 해. 바로 그거야. 그 여자는 나한테 맞추지 않고 제 방식을 고집하거든. 휴가를 갈 때도 나는 낚시, 그 여자는 스키, 이런 식으로 나눠 가야 할지도 몰라. 스키 폴로 눈 속에 파묻힌 물고기를 찍어 바구니에 담아가면서 스키를 탈 수 있는 장소를 찾아내지 못하는 한 말야. 그리고 아이들도 각각 나눠서 데리고 가야 하니까 반드시 짝수로 낳아야겠고. 뭐야? 비로소 나는 진을 바로 쳐다보았다. 지금 무슨 얘기 하는 거야. 여자가 진짜로 있다는 거야? 진은 고개를 저었다. 모르겠어. 그 여자에 대해 모르는 게 너무 많아. 진의 표정은 언제나처럼 능청스럽고 또 시니컬했다.

그 여자한테 진심이야? 내 물음에 진은 간단히 대답했다. 물론이야. 그럼 더이상 뭘 알아야 하는 거지? 어이없다는 듯 진의 눈썹이 가운데로 모아졌다. 상대에 대해 모르는데 어떻게 특별한 감정으로 좋아할 수 있겠어. 잘 모르는 상태에서도 같이 잘 수야 있지. 그러나 사랑이라는 건 지속적인 느낌이고, 또 낯선 타인끼리 시험 삼아 주고받기에는 너무 큰 거래라구.

서로를 잘 알고 또 뭔가를 주고받아야만 사랑이라는 얘기로군. 내가 중얼거렸다. 그 사람이 존재한다는 사실이 자기의 전부가 되는 사랑도 있을지 모르지.

누군가의 존재 자체만으로 사랑하는 것? 서로 아무런 법적 사회적 친분도 맺지 않고, 만나지도 않고, 실제 자기가 살아가는 삶과는 아무 상관 없이? 진이 이죽거렸다. 그런데도 그 감정을 지속하고 싶은 열정이 생겨난단 말야? 이봐, 사랑하는 사람들은 만나고 싶어해. 왠 줄 알아? 그 사람이 나를 사랑한다, 그 사실을 아는 것만으로는 사랑이 되질 않거든. 만나서 그 사실을 자꾸 확인하고 또 표현하고 싶어지는 게 사랑이라구. 그런 식의 확인과 표현에 유용하게 쓰이는 게 바로 육체이고 말야. 육체를 통해서 자기의 사랑을 제대로 표현한 것, 그걸 오르가슴이라고 하는 거야. 제1성기는 '뇌'잖아. 존재만 알면 사랑이 가능하다구? 그렇게 정신만 갖고 장난치는 고급 인간이 정신병자 빼고 또 있어?

그러고 나서 진은 다소 장황하게 이 세상을 끌어가는 것은 상식과 계약이라는 따위의 일반론을 폈다. 나를 설득하기보다는 자기 자신을 그 일반론 안에 가두고 싶은 듯이 보였고, 그리고 그것이 잘 안 되는 눈치였다. 아무래도 그 여자를 책임져야 하거나 책임지기 싫거나 둘 중 하나인 모양이었다. 여자애들이 당황하든 말든 그 앞에서 마스터베이션에 대해 떠들어대던 진은 아니었다.

여자 얘기 하나 해줄까. 내가 진의 말투를 흉내냈다. 좋아, 되도록이면 모든 털을 보라색으로 물들인 여자로 해봐. 나는 담배를 꺼냈다. 우리가 레인 캐슬이란 데에 간 거 기억나겠지? 내가 말을 꺼내자마자 진이 대꾸했다. 또 그 장님 소녀 같던 이상한 여자애 얘기야? 들어봐. 내가 말을 막았다. 물어보고 싶은 게 있어. 그때 우리한테 레인 캐슬을 소개했던 '노웨어맨'이 누구야? 그건 왜?

그 여자의 죽은 애인도 그런 식으로 불렸었나봐. 진은 웃었고 웃음을 그친 뒤에는 노래를 흥얼대기 시작했다.

> 그는 진정 존재하지 않는 존재라네.
> 있지도 않은 땅 위에 앉아
> 아무도 아닌 사람을 위한
> 아무것도 아닌 계획을 세우지.[4]

맥주를 한 모금 마신 뒤 진이 말했다. 아무 곳에도 없는 사람, 아무것도 아닌 존재, 그럴듯하잖아. 통신에 가보면 노웨어맨도 많지만 논빙(NONBEING), 노바디(NOBODY) 같은 아이디도 번호를 붙여야 할 정도로 꽤 있어. 누구나 때로 자신이 아무것도 아니라는 생각을 하잖아. 존재의 소멸이라거나 지상의 순례자 같은 말이 가슴에 와 닿는 순간 말야. 우리가 다 노웨어맨인 거야. 나도, 그리고 너도. '노웨어맨, 혹시 그의 존재가 너와 나의 어떤 일면은 아닐까.' 이 구절은 정말 죽여주지. 존 레논은 멋진 놈이야.

우리는 술을 많이 마셨다.

되풀이되는 꿈? 꿈은 그냥 꿈인 거야. 꿈속의 여자는 꿈 밖으로 나오지 않아. 알아? 그 여자는 단지 약간 이상한 여자일 뿐이야. 아마 망상환자일 거야. 분명히 정신병력이 있을 거라구. 누가 알아? 우리가 인턴 시절을 보낸 그 대학병원에 입원해 있었을지. 죽은 남자친구니 수녀원이니 그런 것도 전부 만들어낸 얘기일 수도 있어. 관심을 끌기 위해서, 사실이라고 믿어줄 사람은 자기뿐인 그런 종류의 이야기를 만들어내는 환자, 그 여자가 바로 그거라구. 내가 장담하지.

그날 밤 진은 유난히 모든 것에 대해서 비우호적이었다. 특히 나와 그 자신이 포함되어 있는 이 세상에 대해.

진의 모습이 점점 뿌옇게 흐려 보이더니 위아래로 시야가 흔들리기 시작했다. 나는 맥주병을 들어 바닥에 남아 있던 한 모금을 마저 들이켠 다음 거기에다 뜨거운 이마를 댔다. 병은 차갑고 축축했다. 내가 중얼거렸다. 이것도 꿈 아닐까? 뭐? 지금 우리 말야. 술 마시는 꿈을 꾸고 있는 거 아니냐구. 진은 아무 대꾸도 하지 않더니 조금 후에야 낮게 내뱉었다. 제기랄, 꿈속에도 맥주는 있다니…… 원하는 것은 다 있는 셈이군.

진의 취한 노래도 단속적으로 이어졌다.

눈을 감고 있으면 세상은 참 살기 편해. 주위에 존재하는 건 온통 오해뿐이니까. 유명하고 대단한 사람이 되기는 점점 힘들어지고 있지만, 괜찮아, 나하고는 인연이 없는 이야기니까.[5] 라라라—계속해서 좋아지고 있는 중이야. 비가 새어드는 구멍을 수리하고 있지. 내 마음이 방황하지 않도록 막아버리는 거야. 문에서 생긴 틈을 찾아 메우고 있지. 내 마음이 방황할 수 없도록 때워 버리는 거야[6]─라라라, 오 마이 갓, 댐.

일요일은 종일 비가 내렸다. 나는 오후 늦게 침대에서 일어나 레토르트 카레 한 봉지로 배를 채우고 담배를 피웠다. 연기를 내 뿜으며 이제부터 뭘 할까를 생각했다. 전에는 일상적인 일들을 별 생각 없이 되풀이해왔고, 그러지 않으면 전공서적을 뒤적였다. 지 금보다 나은 어떤 것을 기대하지 않았으므로 허전함 따위는 별로 없었다. 무언가 하고 싶은 게 그다지 없다보니 권태도 몰랐다. 그 러나 지금은 꼭 그런 것만은 아니었다.

책꽂이에서 실레 화집을 꺼냈다. 표지에 있는 〈왼쪽 다리를 세 우고 앉은 초록 옷의 여자〉가 나를 쳐다보았다. 엉켜 있는 노란 머리칼과 소매 없는 초록색 셔츠, 검은 스타킹. 눈빛은 언제나처 럼 도발적이었다. 그러나 어찌 보면 울기 직전 같기도 했다. 사나 우면서도 겁에 질려 있었으며, 내게 적의를 품고 있는 것도 같았 고 나를 간절히 원하는 것도 같았다. 둘 다일지도 모른다. 적의가 없는 갈망이란 건 없을 것이다.

나는 화집을 몇 장 넘겼다. 〈이중 자화상Double Self-Portrait〉 을 오래 바라보았다.

자화상을 왜 그렇게 많이 그렸을까. 언젠가 내가 별뜻 없이 물었을 때 진 역시 대수롭잖게 대답했다. 자기밖에 맘에 드는 놈이 없었나보지. 그러나 그림은 애정보다는 환멸 쪽에 가까웠다. 진은 또다시 일축했다. 사랑이나 환멸이나 다 똑같은 말이거든.

화집에는 다음과 같은 설명이 있었다.

〈나의 영혼〉은 이중 자화상으로서 도플갱어 주제와 관련이 있다. 살아 있는 인간의 또다른 짝인 도플갱어는 죽음을 맞이하는 순간에 홀연히 나타난다. 젊은 주인공과 그리고 거울에 비친 듯 똑같은 모습을 한 해골의 혼령이 서로 대면하는 광경은 피가 얼어붙는 것처럼 섬뜩하다.

자기의 살아 있는 영혼을 만난다면 어떤 기분일까. 내가 말하자 진은, 황홀하고 두렵겠지, 라고 대답했었다. 사람은 나약한 존재라서 타인을 원하지. 따지고 보면 사랑이란 건 확고부동한 자기편, 그러니까 또다른 자기를 만들려는 일이잖아. 그게 귀찮아서 그냥 자기 자신을 사랑하는 사람들도 가끔 있고. 사실 자기 자신을 사랑하면 많은 문제가 해결되니까. 그러나 그들도 살아 있는 자기의 영혼을 만날 수 있다면 자기를 사랑하는 것 따위는 아무것도 아니라고 생각할 거야. 살아 있는 자기의 영혼을 만난다, 멋진 환상이지. 하지만 그런 일이 진짜 있을 게 뭐냐.

나는 진처럼 생각할 수는 없었다.

서로 소통하는 과정도 필요 없이 누군가 나를 들여다보고 나의 내면 속에 들어와 간섭하기 시작했다면 — 그것은 다른 누구가 아니다. 바로 나 자신이다.

그 여자가 마치 너 자신 같다는 느낌? 정신 차려. 너한테는 지금 동일시 증상이 있어. 몸속에 병원체가 들어왔는데 그것을 이물질로 판별하지 못하고 자기라고 생각한다면 면역은 끝장이야. 면역 결핍 말야. 레트로 바이러스 얘기군. 그래, 에이즈. 진은 곧바로 받았다. 면역 결핍은 이질적인 것을 자신이라고 알고 사랑하기 때문에 생기는 증상이야. 네 정신은 에이즈에 감염된 거라구. 알아? 그러나 나는 알지 못했다.

내가 알기로 나는 함부로 써서 없애버려도 좋을 만큼 열정의 양이 많은 사람은 아니었다. 열정이 시작됐다면 한 가지 이유뿐이다. 특별한 일이 일어난 것이다. 그 특별한 일을 우리가 직업을 갖기 위해 공부했던 초급 과학에 끼워맞춰 해석할 마음은 전혀 없었다.

다시 월요일이 왔다. 나는 그녀를 기다리지 않았다. 로비에 나가 자판기 커피를 마시지도 않았다. 대신 나는 원무과의 한 아가씨에게 자판기 커피를 뽑아주었다. 점심도 사주었다. 그 아가씨는 내 부탁이 쉽지는 않다고 말했다. 글쎄요, 이름만 갖고는 바로 찾을 수 없을 텐데요. 차트는 생년월일로 정리가 돼 있거든요. 그러나 나는 그녀가 내 부탁을 들어주리라는 걸 알았다.

오래 걸리지도 않는 일이었던 모양이다. 퇴근 무렵에 그 아가씨가 나를 부르러 왔다. 나는 외래 환자 한미라의 차트를 볼 수 있었다. 그녀는 스물세 살이었고 생일은 11월이었다. 지역 의료보험 대상자였고, 또 드문 일이지만 주소가 적혀 있지 않았다. 전화번호는 있었다. 내 눈길이 잠시 그 위에 머물렀는데, 평생 그 숫자를 잊을 것 같지 않았다.

그러나 나는 전화를 걸지 말았어야 했는지도 모른다.

THE WORD

Say the word, love
Say the word, love
Say the word, love

불길한 방문객처럼 찾아와서 맹렬하게 번져가던 붉은 눈의 안질은 잔칫날 손님이 떠나듯 한순간 사라졌다.

남자는 오후 네시쯤 왔다.

환자가 많지 않은 날이었다. 나는 내 몫의 차트를 외래에서 가장 무뚝뚝한 간호사에게 부탁했다. 누가 찾아왔는데요? 간호사는 그 말만을 하고는 짐짓 관심 없다는 듯 대답도 듣기 전에 차트를 가져갔다.

단 한 번 통화를 했을 뿐이지만 나는 남자를 금방 알아보았다. 지하 식당에 사람이 별로 없어서이기도 했다. 밖에는 비가 오는 모양이었다. 남자의 회색 남방셔츠의 어깻죽지가 검게 젖었고 의자 옆에는 빗물이 뚝뚝 흐르는 검은 우산이 기대어져 있었다.

두드러진 광대뼈 때문에 남자는 눈이 움푹 들어가 보였다. 눈빛이 깊이 감춰져 있어서 명쾌한 인상이 아니었다. 어깨는 벌어졌지만 등이 약간 굽었고 가죽점퍼를 입으면 어울릴 것 같았다. 실제로 겨울이 되면 가죽점퍼를 입는다고 봐야 할 것이다. 제 손으로 짐승의 몸에서 가죽을 벗겨낸 뒤 마구 두들겨서 부드럽게 무두질한 다음 어깨에 스윽 걸칠 것만 같은, 어딘지 그런 거친 공정(工程)의 냄새가 나는 남자였다. 그녀처럼 슬프고 약해 보이는 존재에게도 화를 낼 만한 사람이겠다는 생각이 들었다.

앉자마자 나는 아무것도 할말이 없다고 잘라 말했다. 그런 식으로 말한 것은 그가 먼저였다. 내가 전화를 걸어 그녀를 찾았을 때 그는 다짜고짜 나를 만나야겠다며 말을 가로챘다. 내가 누구라고 생각하고 그렇게 말하는지 물었지만, 그런 건 상관없다는 대답이었다. 남자는 그녀를 찾고 있다고 말했다. 나 역시 그녀를 찾고 있을 뿐이었다. 그러나 남자는 납득하지 못했다.

그 남자와의 통화로 내가 알게 된 것은 두 가지였다. 전화번호는 그녀의 것이 아니었다. 그리고 전화번호의 주인인 남자는 끊임없이 사라지는 그녀를 찾아내서 어딘가로 데려다놓는 사람이 틀림없었다. 수녀원이나 고시원 같은 곳에, 어쩌면 안과병원에도 남자가 데려다주었을지 모른다. 나는 남자를 결코 호의적이라 할 수 없는 눈으로 바라보았다.

저는 용건이 없습니다. 그 말을 한번 더 되풀이하는 내 목소리
는 싸늘했다.

남자는 한참 동안 고개를 숙이고 말이 없었다.

조금 뒤에야 나를 똑바로 건너다보았는데, 뜻밖에도 음울한 눈
빛이었다. 그애를 빨리 찾아야 해요. 남자의 목소리는 잠겨 있었
고 약간 고통스러운 표정이었다. 인상이 거칠어 보인 것은 단지
그녀를 찾아야 한다는 조급함 때문인지도 모른다는 생각이 들었
다. 한숨을 내쉰 뒤 남자는 자기에게 그녀는 물가에 내놓은 어린
애라고 말했다.

아기들이 우물에 빠진 적은 없대요. 갑자기 그녀의 말이 떠올
랐고, 그것은 엉뚱하게도 나를 조금 안심시켰다.

그애와 나는 세상에 단둘뿐이오. 남자는 비로소 자신이 그녀의
오빠라고 말했다. 불이 났을 때 부모는 죽었고, 누군가 그애를 구
했지요. 그 고아소년 말입니까? 나를 흘끗 바라보았을 뿐 거기에
대해서는 아무런 대꾸도 하지 않고 말을 계속했다. 그 일이 있고
부터 그애는 조금도 안 자랐어요. 버려진 아기처럼 조금이라도 자
기를 돌봐주는 사람이 있으면 모든 것을 내맡겨버려요. 나는 한시
도 그애 곁을 떠날 수가 없었지요. 그것은 쉬운 일이 아니오. 그애
는 불가능한 일을 원하는 거요.

사랑하는 사람들은 언제나 곁에 있는 거니까요. ─ 나는 또다른

그녀의 말을 떠올렸다. '그'가 외출하고 없을 때는 그가 벗어놓고 간 그의 발과 함께 마당가로 우물로 돌아다닌다던 그녀의 꿈도 떠올랐다.

남자가 다시 입을 떼었다. 그애는 다리의 흉터가 나를 화나게 만든다고 생각해요. 그건 ─ 남자는 이마를 찡그렸다 ─ 그건 말이죠, 화를 내는 것과는 좀 다른 문제인데, 어쨌거나 그애는 무섭거나 불안하면 무조건 뛰쳐나가서 걸어요. 어디론가 사라져서는, 아무 데에나 쓰러져 있단 말이죠.

자리에서 일어서며 남자가 물었다. 처음 그애를 어디에서 만난 거요? 나는 대답 없이 남자를 물끄러미 쳐다보기만 했다. 처음부터 대답을 기대하지 않았는지 그는 천천히 문 쪽을 향해 몸을 돌렸다. 나도 남자를 따라 일어났다. 한발 앞서 걷는 남자의 다리가 눈에 들어왔다. 남자는 절름발이였다.

그 소년은 죽었나요? 갑자기 내 입에서 이런 물음이 튀어나왔다. 남자는 애매하게 고개를 끄덕이는가 싶더니 힘들게 입을 열었다. 늘 그런 식인데, 그애는 나를 그 녀석으로 생각하는 순간이 많다오. 가엾게도 그애는, 일생 단 한 사람밖에는 마음에 두지 못하는 모양이오.

몇 발짝 걷다가 남자가 뒤를 돌아보았다. 우산을 놓고 간 것이었다. 되돌아와서 우산을 집어들자 거기에서 흘러내린 물로 남자의 팔뚝이 젖었다. 남자가 말했다. 혹시 그애를 나보다 먼저 찾게 되거든 연락해줘요. 그런데…… 그때 식당 문이 열리고 비를 맞은 아가씨 둘이 호들갑스럽게 뛰쳐들어왔으므로 남자의 다음 말은 잘 들리지 않았다. 내가 물었다. 뭐라고 하셨습니까? 남자는 한마디 한마디를 마치 중얼거리듯 천천히 내뱉었다. 이번에는 그애가 아주 먼 곳으로 갔다는 생각이 들어요. 다시는 못 찾을 것 같다는 말이오.

아가씨들 중의 하나가 내게 알은척을 해왔다. 나는 그 여자가 누군지 기억을 더듬어볼 여유가 없었다. 왜 그렇게 생각하죠? 내 목소리는 조금 떨려 나왔을지도 모른다. 남자는 시간을 조금 둔 후 무뚝뚝하게 대답했다. 그건 당신이 잘 알고 있잖소. 남자가 우뚝 선 채로 나를 너무나 빤히 바라보았기 때문에 나는 기분이 나빠졌다.

남자는 오른손에 우산을 들고 절뚝거리며 사라졌다. 비 오는 날, 오른손잡이는 대개 왼쪽으로 우산대를 기울이므로 오른쪽 어깨가 젖는다. 오른손에 무거운 걸 들면 왼쪽 어깨가 기우는 것과 같은 이치이다. 하지만 남자는 왼쪽 어깨가 검게 젖어 있었다. 어쨌거나 이상한 남자였다.

하긴 이상하다거나 이상하지 않다는 것은 다수냐 아니냐의 문제일 따름이다. 스스로를 사회적 동물로 규정한 사람들은 제 스스로는 생각하기를 싫어한다. 깊이 생각하지 않고 오랫동안 당연하게 여겨져온 것들을 그냥 옳은 것으로 받아들인다. 그러다보면 삶이 거기에 너무 깊이 의존되어 그 생각을 바꾸면 손해가 되는 상황에 이른다. 이제는 빠져나가는 데 너무 많은 비용이 든다. 그들은 자신이 왜 사는지까지도 남이 정해준 대로 대답한다.

그러나 인생이 그런 복제의 과정일 뿐이라면 구태여 이렇게 엄청나게 많은 인간이 태어날 이유도 없는 일이다. 그들이 보기에 시원찮은 나 같은 인간까지 태어날 이유는 더더욱 없다. 몇 가지 유형, 아니 심한 이분법을 쓰자면 단지 적당한 자와 그렇지 못한 자가 대표로 태어나서 인생이 어떤 건가 살아보다가 죽으면 그만이다.

그건 봉제공장의 곰인형이라도 생각할 수 있는 쉬운 문제이다. 포장상자에 넣어지며 곰인형들은 이렇게 중얼거리고 있을 것이다. 우리가 이렇게 많기 때문에 누구나 곰인형은 우리처럼 생겨야 한다고 알고 있겠지만 꼭 그런 것은 아니야. 일반적인 것이 꼭 맞으란 법은 없으니까, 라고.

나는 남자의 출몰에서 이상한 점을 그런 식으로 납득했다. 특별한 경우가 있다는 걸 인정하기만 하면 받아들이지 못할 일은 사실 그다지 많지 않았다.

진도 말한 적 있다. 이봐, 인생은 그렇게 논리적인 게 아니라구.

이상한 것은 이상한 것으로 받아들여. 모든 게 딱 맞아떨어진다면 사람들이 이상하다는 말을 만들어 쓸 이유도 없지. 이상하다는 말이 있는 것처럼 이상한 것은 분명히 있는 거야. 그때 진은 퍽 못생긴 여자애한테 차이고 난 뒤인가 그랬다.

그녀는 말했었다. 우린 안 돌아와요. 왜 내게 그런 말을 했을까.
나는 꿈을 기다렸고 매일 밤 꿈을 꾸었다. 어느 날 꿈에서는 그녀가 등 뒤에서 나를 불렀다. 그녀가 나를 어떤 이름으로 부르는지 알고 싶은 나머지 너무나 급하게 뒤를 돌아보았던 모양이었다. 그 바람에 침대 헤드에 머리를 부딪쳐 잠이 깨어버렸다. 다시 눈을 감았다. 날은 밝았고 다시 잠들기란 쉬운 일이 아니었다. 그래도 나는 잤다.
꿈은 꿈이라기보다 나의 다른 삶이었다. 그 삶 속에 그녀가 있었다. 나는 제시간에 퇴근하는 성실한 가장처럼 이 삶에서 그 삶으로 들어갔다. 이따금 그녀가 없는 꿈도 있었다. 그녀도 때로 외출한다는 사실을 받아들이지 못할 만큼 이해심 없는 나는 아니었다.
꿈속의 인생은 지금 살고 있는 인생의 또다른 버전이었다. 이곳의 인생과 너무나 비슷했다. 그러나 이곳에서 인생을 해석하는 방법은 통하지 않았다. 꿈에서는 발목을 잠시 끊어서 갖고 돌아다닐 수 있고 진의 말처럼 누이나 어머니와도 잤다. 사람은 남자이기도 하고 여자이기도 했다. 꿈은 사람의 잠재의식 속에 만들어진, 이곳 인생을 변형시킨 부수적인 세계가 아니었다. 전혀 다른 세계였다. 꿈에서는 거리라는 것도 성립이 되지 않았고 사건이 시간순으로 일어나지도 않았다. 꿈속에 또 꿈이 있고 다시 그 속에 꿈이 있었다. 죽음도 끝이 될 수는 없었다. 나는 현실에서 살아가듯 꿈속에서도 살아가고 있었다. 그러나 깨어보면 모든 것은 조각난 파편일 뿐이었다. 그녀는 내 꿈과 현실을 뒤섞어놓았다. 그녀가 왜 꿈과 현실의 경계를 넘어 나를 만나러 왔는지 나는 그것을 알 수가 없었다.

휴일을 기다려 나는 남쪽으로 내려갔다. 날씨는 맑았고 더웠다. 마지막 휴가를 즐기러 나온 사람들로 도로는 몸살을 앓았다. 그들 속에 끼어서 나는 몇 년 전의 기억을 더듬어 차를 몰아가고 있었다. 진과 내가 캔커피를 마셨던 간이 슈퍼마켓은 쉽게 찾을 수가 없었다. 그 슈퍼마켓이 있던 소읍의 표지판도 기억이 희미했다. 구부러진 길은 수없이 많았지만 일주도로를 넘어 도 경계가 나타나는 지점은 좀처럼 만나지지 않았다. 고갯길을 한없이 가다가 갑자기 마주치는 급커브길 따위도 볼 수 없었다. 여러 번 차를 세우고 물어보았지만 아무도 그곳을 알지 못했다.

설천을 찾는 편이 쉬울 것 같아 차를 돌렸다.

112

설천까지 찾아가는 데에 성공하긴 했다. 그러나 그곳은 대기업에 인수되어 넓은 포장도로가 뚫린데다 엄청나게 큰 종합 휴양시설로 변해 있었다. 내가 그녀에게서 절대의 시간을 느꼈던 콘도미니엄은 고급 호텔이 되어 국제 세미나가 열리는 중이었다. 정문에는 '스'와 '우'가 떨어져나간 '노 랜드' 대신 대기업의 세련된 로고와 '휘닉스 월드'라는 글씨가 화려하게 치장돼 있었다. 밤이 되자 나는 완전히 지쳤다. 레인 캐슬은 아무 곳에도 없었다.

집에 돌아온 것은 새벽이 다 되어서였다. 돌아오자마자 나는 샤워를 하고 냉장고에서 찬물을 꺼내 마셨다. 그리고 담배를 피우려는데, 귀청을 찢는 듯한 요란한 소리가 불길하게 새벽 공기를 흔드는 것이었다. 먼저 시계를 보았다. 그런 다음 창가로 가서 밖을 내려다보았다. 매일 밤 그렇게 창에 기대 소방서를 내려다보곤 했지만 소방차가 출동하는 것은 처음 있는 일이었다.

소방차는 붉은 악마처럼 소리를 내지르며 막 소방창고를 빠져나가고 있었다.

MICHELLE

　―여기 있을 줄 알았어요.

내가 그녀에게 말했다. 그녀는 기와집 마루에 앉아 있었다. 하얀 맨발을 마루 밑으로 내려뜨린 채.

　―저를 찾았어요?

그녀가 허리를 굽혀 내 머리카락에 입을 맞추었다.

나는 아무 말도 할 수 없었다. 그녀의 눈을 바라다볼 뿐이었다. 우물처럼 검고 깊은 그녀의 눈 속으로 내 몸이 빨려들 것만 같았다. 그녀가 웃음을 지었다. 짧은 머리카락은 불꽃처럼 아름다웠고 초록 옷에서는 향기가 뿜어나왔다. 바람이 불어와 그녀의 발끝을 신비롭게 휘감고 돌았다. 그녀의 목소리는 먼 데서 들리는 소리처럼 아득하고도 부드러웠다.

두 손으로 그녀의 발을 잡았다. 그녀의 맨발은 작고 차가웠다. 얼음구두라도 신고 있는 것 같았다. 발등을 여러 번 쓰다듬은 다음 댓돌 위에 놓여 있던 흰색 면운동화를 신겼다. 뒤꿈치까지 집어넣은 뒤 두 발을 댓돌 위에 내려놓자 그녀는 전지를 갈아끼운 자동인형처럼 발딱 일어났다.

—자, 이제 여기서 떠나요.

내 말에 그녀는 웃으며 천천히 고개를 끄덕였다. 나는 처마 밑으로 가서 회벽에 기대어놓았던 자전거를 마당 한가운데로 끌고 나왔다. 뒷자리의 안장에 녹이 슬어 있었다. 티셔츠를 벗어서 모포처럼 접어 거기에 깔았다. 그녀는 자전거 핸들 옆에 붙은 조그만 거울을 들여다보고 서 있었다. 나는 허리를 굽혀 그녀와 함께 거울을 보았다. 거울 속에는 그녀와 나의 모습이 들어 있었다. 그녀와 나의 얼굴은 거의 같아 보였다. 내가 거울 속의 그녀를 쳐다보자 거울 속에서 그녀도 내게 마주 시선을 보내왔다. 다음 순간 우리는 거울에서 눈을 떼고 서로를 마주 보았다.

그녀를 안아 자전거 뒷자리에 태웠다. 나는 핸들을 잡았고 그녀의 팔이 내 허리를 감싸안았다.

그녀의 숨소리가 내 귓가에서 따뜻하게 퍼졌다. 페달을 밟으며 나는 몇 번이고 뒤를 돌아보았다. 그때마다 그녀는 웃음을 지어 보였다. 그러나 그녀가 팔만 떼어서 내 허리에 둘러놓고 사라져버

렸는지도 모른다는 생각을 한시도 떨칠 수가 없었다. 그런 불안은
저수지에 도착할 때까지 계속되었다. 바람이 불어 그녀의 짧은 머
리가 흰 이마 위에서 나폴거렸다.

저수지는 고요했다. 그녀와 나는 저수지를 끼고 걷기 시작했
다.

세상에 단 하나뿐인 새것처럼 선명하고 맑은 날씨였다. 멀리
보이는 높은 산들에 구름의 그림자가 내려앉아 군데군데 얼룩이
졌다. 초록이 아닌 검은 숲처럼 보였다. 햇빛이 아물아물 비쳐들
어 골짜기 속이 연초록으로 빛났다. 햇빛이 골짜기를 내리비추는
게 아니라 골짜기 안에서 빛이 뿜어져나오는 것 같았다. 다른 세
상이 숨어 있기라도 하듯이 신비로운 색깔이었다. 그녀는 이따금
걸음을 멈추고 골짜기를 오랫동안 쳐다보았다.

수문 근처를 걸을 때는 떨어지는 물소리가 제법 드셌다. 갑자
기 그녀가 두 손으로 얼굴을 감쌌다. 한 발짝도 나가려 하지 않았
다. 제방 아래 자전거가 세워져 있는 곳까지 나는 그녀를 업고 내
려왔다. 도중에 운동화 한 짝이 벗겨졌지만 그녀는 그것을 줍지
않았다.

뺨을 내 등에 꼭 붙이고 있는 그녀는 지게 위에 앉은 나비만큼
이나 가벼웠다.

— 물소리가 무서웠어요?

─아뇨, 저는 슬퍼졌던 거예요.

─왜요?

─물소리는 지금도 시간이 흘러가고 있다는 걸 알려줘요. 행복한 순간에는 그 시간이 지나가고 있다는 것 때문에 슬퍼져요.

성당이 나타나자 그녀는 기분이 나아진 듯했다. 그 작은 성당은 흰색이 칠해진 벽돌건물이었는데, 우리가 그 곁을 지나쳐가는 순간 십자가가 반짝 빛났다.

우리는 비석이 몇 개 세워져 있는 작은 언덕으로 가고 있었다. 언덕으로 가기 위해서는 자그마한 실개천을 건너야 했다. 가늘고 짧은 통나무 하나가 걸쳐져 썩어가고 있었다. 나는 그녀를 내려놓은 다음 나무 위에 한쪽 발을 올려놓았다. 둥근 통나무는 내 무게가 실린 쪽으로 약간 몸을 비틀었다. 내 몸도 따라서 휘청했다. 그녀는 낮게 소리를 질렀고, 나는 그녀가 모든 것을 나와 똑같이 느끼고 있다는 걸 알았다. 먼저 통나무 위로 올라가 두 발을 단단히 버틴 뒤 그녀를 향해 손을 내밀었다. 그녀가 한 걸음 다가왔다. 그러나 손을 잡지 않고 갑자기 내 목을 꼭 끌어안았다. 우리는 균형을 잃어 함께 실개천에 빠지고 말았다.

그녀의 초록색 치맛단이 검게 젖었다. 그녀는 한 짝뿐인 젖은 운동화를 벗어들었고 치마도 말아쥐었다. 그녀가 걷기 시작했다. 나는 그녀의 걸음이 절룩인다는 것을 깨닫지 못하고 있었다.

무덤은 모두 다섯 개였다. 맨 위에 두 개, 그 아래로 다시 나란히 두 개, 그리고 발치에는 아직 떼를 입히지 않아 붉은 흙이 드러난 조그만 무덤이 하나 있었다. 죽은 지 며칠 안 된 누군가의 무덤인 모양이었다. 그 무덤 앞에만 비석이 세워져 있지 않았다. 그녀는 맨 위에 있는 큰 무덤 쪽으로 올라가더니 손가락으로 차가운 비석을 만졌다. 그러고는 무덤 위에 가만히 올라앉았는데, 눈에 눈물이 고여 있었다.

나도 그녀의 곁에 앉았다. 무덤 위는 생각보다 아늑했다.

그녀가 내 무릎 위에 가만히 얼굴을 내려놓았다. 나는 그녀의 어깨를 쓰다듬었고 이마 위로 흘러내린 머리카락을 넘겨주었다. 그녀는 붉은 무덤을 물끄러미 내려다보는 것 같았다. 방심한 눈물 한 줄이 주르륵 내려와 그녀의 턱에 한참이나 매달려 있었다. 조용했다. 숲에서 바람이 한 줌씩 나오면서 나뭇가지를 사그락 들추는 것 말고는 아무 소리도 들려오지 않았다. 그녀는 잠이 들었다. 젖은 속눈썹을 가지런히 내려뜨린 채로.

나는 손가락으로 그녀의 눈꺼풀을 가만히 벌렸다. 잠든 눈동자가 느리게 움직이는 것이 언젠가 보았듯 깊은 밤 구름 속의 검은 달 같았다. 바람이 불어와 그녀의 눈시울에 고여 있던 눈물을 말려주었다.

─꿈을 꾸었어요.

그녀가 눈을 뜨고 말했다.

—어느 날 당신이 죽었어요.

—그래서요?

—우리가 앉은 이 무덤 안에 당신이 누워 있었어요.

—내가 내 무덤 위에 앉아 있는 거로군. 죽은 나는 잘 있던가
요?

—아뇨, 무덤 안으로 물이 들어와서 당신 몸은 다 썩지 못했어
요.

—퉁퉁 불었겠는데.

—곧 물길이 이곳으로 지나갈 테고, 그때 당신 몸도 쓸려서 떠
내려갈 거래요.

—내가 왜 죽었는데요?

—저 때문에요.

—당신 때문에?

—제가 죽었으니까요. 당신은 저를 잃고는 살아갈 수 없었죠.

내가 웃는 걸 보고 그녀도 따라 웃었다.

그녀를 일으켜서 품에 안았다. 그녀가 속삭였다.

—우린 돌아가지 않아요. 그렇죠?

나는 그녀의 긴 치마를 젖히고는 그녀의 몸속으로 들어갔다.
그녀의 깊은 곳에서 두 손바닥이 마중나와 내 몸을 감싸더니 기도

하듯 꼭 당겨서 끌어안았다. 그녀의 젖은 손바닥에 감싸인 채 내 육체는 아득한 고통을 느꼈다. 그것은 시간이나 대기권 같은 것을 찢고 지나가는 듯한 속도의 고통이었으며, 그 마찰의 저항을 견디지 못하고 폭발하려는 순간 캄캄한 암흑과 고요의 결락에 부닥쳐 돌연 추락했는데, 어쩌면 그곳이 세계의 끝인 모양이었다.

세계의 끝은 갈릴레이 이전의 사람들이 생각했던 것처럼 낭떠러지였다. 그녀와 나는 바다로 내던져졌다.

이윽고 우리는 난파를 당해 해안으로 떠내려온 오누이처럼 나란히 누워 있었다. 그녀는 하늘을 쳐다보았다. 존재하는지 존재하지 않는지 알 수 없는 허공을 보는 건지도 모른다.

나는 목이 탔다. 담배 생각이 간절했지만 담배는 티셔츠 주머니에 들어 있었다. 자전거를 세워둔 곳까지 내려가야 하는 것이다.

멀리서 개 짖는 소리가 들리기 시작했다. 개는 점점 여러 마리로 늘어났다. 누군가 개들의 목을 차례차례 부러뜨리기라도 하는 것일까. 그 소리는 어쩐지 나를 조급하게 만들었다. 조금씩 조금씩 심장박동이 급해졌고 이마에 땀이 배기 시작했다. 분명하진 않지만 그것은 쫓기는 자가 느끼는 공포의 초기단계가 아닌가 싶었다. 그러나 무엇에 쫓긴단 말인가. 알 수 없었다. 어쨌든 내가 모르더라도 나의 신체가 감지하고 있다면 그것은 엄연한 현실이었다. 그렇다면 나는 그녀가 사라질까 불안해서 뒤돌아보았던 게 아

120

니었던가?

불안은 점점 참을 수 없게 커져갔다.

—어디 가요?

몸을 일으키는 나를 그녀가 올려다보았다.

—자전거에.

그녀의 긴 치맛자락이 젖혀져서 밋밋하고 가는 다리가 드러나 있었다. 바느질이 신통치 않아 간신히 몸통에 붙어 있는 봉제인형의 다리 같았다. 나는 그녀가 걷지 못하리라는 것을 불현듯 깨달았다.

그녀가 말했다.

—갔다 오세요. 저를 못 찾겠으면 이름을 불러요.

—그러죠.

나는 건성으로 대답했다.

그녀에게서 떠나기 위해 나는 몹시 서두르고 있었다. 언덕 아래쪽을 향해 구르듯 뛰어내려갔다. 언덕을 거의 다 내려왔을 때에는 땀이 얼굴로 줄줄 흘러내리고 있었다.

자전거는 보이지 않았다. 자전거를 찾아 헤맸다. 풀밭을 헤치며 숲 속에도 들어가 보았고 마을로 통하는 길로 뛰어가보기도 했다. 마을 뒤쪽으로 가니 거기에 과수원이 있었다. 그러나 자전거는 보이지 않았다. 내 구두에는 붉은 흙이 두텁게 달라붙었다. 몸

은 땀과 여기저기 긁힌 자국으로 뒤범벅이 되었고 불이라도 삼킨
듯이 목이 말랐다. 그런데도 멈출 수가 없었다. 정신없이 뛰었다.

그렇게 뛰면서 어느 풀숲에선가 흰 운동화 한 짝을 보았다. 내
등에 업혔을 때 그녀의 발에서 벗겨진 것이었다. 나는 그것을 아
주 멀리로, 보이지 않는 곳까지 차버렸다. 더이상은 아무 생각도
들지 않았다. 한 발짝이라도 더 뛰었다가는 그만 숨이 끊어지고
말 거라고 느껴질 때는 기와집 앞에 와 있었다.

자전거는 그 집 회벽에 기대어져 있었다. 나는 자전거에 올라
탔다. 그녀가 있는 무덤 쪽으로는 가지 않았다. 이유는 알 수 없었
다. 아무것도 알 수 없었고 알려고 할 틈도 없었다. 온통 나를 몰
아치는 급박한 불안과 두려움, 그것뿐이었다. 나는 팔목을 쳐들어
시계를 한번 보았다. 그리고 무덤과 반대쪽으로 마구 페달을 밟기
시작했다. 무서운 속도였다. 뒷자리에 있던 티셔츠가 공중으로 날
아오르더니 내 얼굴을 거칠게 덮어씌웠다. 눈을 감은 채 나는 더
욱 빠르게 페달을 밟았다. 티셔츠는 바닥으로 날아가 떨어졌고 자
전거의 바퀴가 그것을 밟고 지나갔다.

뒤에서 누군가 부르는 것 같았다. 그러나 나는 돌아보지 않았
다. 나는 그녀에게로 돌아가지 않았다.

나는 그녀를 사랑한다. 나는 그녀를 사랑한다. 나는 그녀를 사
랑한다. 내 눈물은 너무나 뜨거웠고, 또 마를 줄 모르고 흘러내렸

다. 그럴수록 페달을 밟는 발은 보이지 않을 정도로 빨라졌다. 속도 때문에 내 눈물은 아래로 떨어지지 못하고 허공에 흩어졌다. 자전거도 땅 위를 달리기에는 너무 빨라 허공으로 떠올랐다. 내 몸은 바람개비 같았다. 갑자기 비가 쏟아졌다. 그 비가 나를 땅으로 다시 떨어뜨렸다. 굵은 빗줄기는 빽빽한 물의 숲처럼 나를 가로막았다. 앞이 보이지 않았지만 그래도 나는 멈추지 않고 빗속을 뚫고 달렸다. 속도의 띠 위를 바람처럼 위태롭게 달려가고 있을 뿐이었다. 그때 나는 보았다. 눈앞에 검은 성벽이 가로막고 있는 것을. 그것은 어느 꿈에선가 본 듯한 거대한 성벽이었다. 자전거는 그대로 성벽을 향해 무서운 속도로 달려들었고, 벽에 부딪치면서 허공으로 떠올랐다. 그 순간 갑자기 비가 멈추었다.

몸통이 깨지는 고통 속에서 나는 자전거에서 빠져나간 은빛 바퀴가 선명한 푸른 허공으로 천천히 떠오르는 것을 보았다.

WHAT GOES ON

You didn't even think of me
As someone with a name
Did you mean to break my heart and watch me die
Tell me why

진이라면 그 꿈을 단순한 몽정이라고 할 것이다. 아무리 봐준다고 해도 '스토리를 갖춘 몽정' '제법 필연성이 있는 몽정' 이상은 아니다. 사실로도 그 꿈을 꿀 때마다 내 트렁크 팬티는 축축해져 있었다. 그러나 러닝셔츠는 팬티보다 더 많이 젖었다. 사람들이 보통 '꿈꾼다'고 말할 때 거기에는 달콤하다거나 멋지다는 뜻이 들어 있지만 나의 경우에는 거리가 멀었다. 잠을 자면서 저절로 정액을 흘리는 정도의 한가하고 간지러운 일은 분명 아니었다. 오히려 피트니스 클럽에 가서 강도 높은 기구운동을 한 시간쯤 하는 것 이상으로 체력 소모가 많은 일이었다. 나는 사력을 다해 꿈을 꾸었던 것이다.

두어 주일 사이에 내 몸무게는 오 킬로그램이 줄었다. 넌 면역 결핍하고 비슷한 증상이야. 진의 말이 떠올랐다. 더구나 내게는 에이즈 환자에게는 없는 다른 증세까지 있었다. 정신이 몸으로부터 분리해나가는 순간 같다고나 할까. 때때로 감정의 공황상태가 찾아들곤 했다. 어쩌면 그것은 약물에 의한 환각과 비슷하리라는 생각이 들었다.

진은 대마초를 피운 적이 있었다. 그의 고향에서 고기를 잡거나 농사를 짓는 친구들이 진을 낚시도구와 함께 배에 태우고 섬으로 갔다. 무릎까지 오는 긴 고무장화를 신고 섬 깊숙이 들어간 진은 그 장소에 있을 성싶지 않은 넓은 들판을 만났다. 잡초가 허리 높이까지 자라 있는 야생 들판이었다. 그 들판에 누워 진은 환상을 경험했다. 바람이 불어올 때마다 길게 자란 진초록 풀들의 끝에서 햇빛이 수천 방향으로 부서졌다. 모든 잎사귀마다 프리즘이 숨어 있는 것 같았다.

어릴 때 어머니가 뜰에 양귀비를 심었어. 양귀비꽃이 못생겼다 하면 믿을 수 있겠어? 정말이야. 꽃은 전혀 예쁘지 않아. 그런데도 어머니는 꽃을 보기 위해 양귀비를 심었지. 어느 날 흰 셔츠에 감색 바지를 입은 공무원이 와서 어머니를 협박했어. 어머니는 잡혀가진 않았어. 그 대가로 공무원에게 뭘 줬는지 알지만. 가끔 자기 전에 생각이 나곤 했어. 양귀비 꽃대를 따던 어머니의 손. 그 손에 묻었던 진득한 액체. 그때 들판에 누워 있자니 그런 장면이 하나씩 스쳐가더라구.

존 레논의 목소리를 들으면 들판에서의 기억이 다시 떠올라. 아주 나른하고 몽환적인 목소리로 노래하는 거야. 난 너를 취하게 만들고 싶어. 그러면 랭카셔 블랙번에 있는 사천 개의 구멍을 모두 셀 수 있어. 앨버트홀을 채우기 위해 얼마나 많은 구멍이 필요한가도……[7] 하지만 노래 제목처럼 그런 건 '인생의 어떤 하루'일 뿐이지. 그날을 뺀 대부분의 인생은 시간 속에 그냥 휩쓸려가는 거야.

그렇게 말할 때 진의 표정은 쓸쓸하기보다 담담했다. 아주 가끔이지만 진에게는 소년 시절 부모 속을 어지간히 썩이는 바람에 일찌감치 철이 들어버린 지루한 사내 같은 모습이 있었다.

진에게 비틀스는 환각이었고 쓰레기봉투 같은 것이었다.

환각을 하나 마련해두고 있으면 쓸모없는 외로움이나 질문 따위는 쓰레기처럼 그곳으로 빨려들어가서 폐기된다. 그럼으로써 자기의 현실 속에서는 그럭저럭 건전하게 살아갈 수 있는 게 인생인 모양이었다. 그런 방법을 취미생활이라고 부르든 변화나 일탈이라고 이름짓든 나는 관심 없었다.

요리를 많이 하는 부엌에서는 쓰레기가 많이 나온다. 그러나 복잡한 요리를 하지 않는 덕분인지 어쨌든 내 삶에는 찌꺼기가 많이 나오지 않았다. 쓰레기봉투도, 환각이라는 마취도 굳이 마련할 필요가 없었다.

혼자 있을 때 너무 조용하다는 생각이 들 때가 가끔 있긴 했다. 그런 때 나는 케이블 방송의 바둑 채널을 켜놓곤 한다. 바둑은 전혀 알지 못한다. 다른 모든 채널이 보는 이의 환심을 사거나 뭔가 가르치기 위해 목청을 높이고 말을 빨리하는 데 반해 바둑 채널은 나직나직하고 말도 급하지 않아 좋아할 뿐이다. 화면도 거의 대부분 가로줄과 세로줄이 그어진 바둑판이다. 화면이 단조로운 것도 마음에 든다. 그나마도 자리를 잡고 앉아서 쳐다보는 것은 아니다. 전공서적을 뒤지거나 손톱을 깎다가 이따금 고개를 한 번씩 돌려 화면을 보고 소리를 들을 뿐이다. 어쨌든 그 정도면 혼자는 아닌 셈이었다.

이따금 축구시합을 볼 때도 있다. 게임이란 재미있는 것임에 틀림없다. 하지만 선수가 어떤 팀의 소속이라거나 그 소속이 나의 국적 및 출신지와 어떤 관련이 있다거나 하는 데에는 관심이 없다. 운동 잘하는 청년의 아름다운 율동, 그리고 공의 향방을 따라 움직이는 힘의 흐름을 구경할 따름이다.

아주 어쩌다 책을 읽어도 나는, 이걸 쓴 사람은 이런 생각을 했구나, 그럴 수도 있겠네, 라고 생각한다. 이게 그런 거였구나! 라고 받아들이거나 깨치는 일은 별로 없다. 남의 생각이란 어디까지나 남의 생각이다. 그것을 의심할 필요도 없고 또한 전폭적으로 믿어 언젠가는 변화할 나 자신의 관점에 제약을 만들 필요도 없다. 그것은 『개 기르는 법』을 보든 『장자』를 보든 마찬가지이다.

한때 나는 책을 많이 읽는 사람을 이해하지 못했다. 원리나 진실이란 것은 몇 가지뿐인데 그것의 수없이 많은 사소한 변형을 습득해내는 태도가 어리석게 여겨졌다. 그러나 책 읽는 데에 가치를 두는 사람은 생각보다 훨씬 많았고, 훌륭한 사람 가운데에도 적지 않았다. 내가 틀린 건지도 모른다고 생각해보았다. 어쩌면 세상에는 내가 도저히 도달할 수 없을 만큼 원리나 진실이 많은 건 아닐까.

그래도 마찬가지였다. 제한된 삶 속에서 인간이란 죽을 때까지 전체를 다 알지 못하는 것이 당연한 일일 텐데, 하나를 전체로 알고 사는 편이 여러 개를 알고 난 뒤 나머지에 대한 갈급 때문에 조급해하며 살아가는 쪽보다는 나을 것 같았다. 더 나쁜 경우로는 일부라는 점에서 결국 하나와 그다지 다를 것 없는 여러 개를 알았다고 해서, 마치 전체를 알고 있는 듯이 착각하는 경우이다. 어쨌든 지금은 몇 권의 책을 두고두고 읽는 것과 수없이 많은 책을 읽어대는 사람의 방법 사이에 큰 차이를 느끼지 못하지만 말이다.

그런 식으로 살아오는 동안 나를 특별히 좋아하는 사람도 없었고 배척하는 사람도 없었다. 그 방식에서 불편을 느낀 일도 별로 없었다.

대체로 사람의 관계에 무관심한 나에게도 부당하거나 무리한 일은 가끔 일어났다. 내게도 여러 가지 현실적인 소속이 있었고, 그것의 억압이 나만 비껴갈 리도 만무한 일이니까. 그러나 나는 자신의 인생이 행복하지 않은 데에 억울함을 느끼는 종류의 사람은 아니었다. 어떤 것이 행복인지 깊이 생각해본 적도 없고 내가 행복한지 아닌지 수시로 점검하는 체크 리스트도 또 센서도 갖추고 있지 않았다.

사람들은 행복에 대해 지나치게 신경을 쓰는 것 같다. 행복하다고 느끼고 싶어하므로 그들은 끊임없이 행복의 의미를 창안해낸다. 작은 것이 행복이다 혹은 큰 것이 행복이다, 고독이 행복이다 아니다, 행복은 있다 없다—왜 늘 행복에 대해 자의식이나 예민함을 동원하는지 나는 이해가 되지 않았다. 행복이 자기의 부모나 내무반장이나 애인도 아닌데 왜 그렇게 떠받들고 쩔쩔매는지 알 수 없었다. 행복하지 않으면 큰일이라도 나는 것처럼. 그러는 동안 행복에 관계없이 행복에 관한 의미 규정만 많아진다. 아마 그것이 '가치'라는 규칙을 만드는 사이클인지도 모르지만 말이다.

나는 차 안에서 시위나 파업으로 인한 교통체증을 만나면 사이드 브레이크를 올린 다음 라디오를 틀었고, 간혹 멋진 여자가 지나가면 쳐다보는 타입이었다. 나를 피곤하게 하는 것은 있었지만 아프게 하는 것은 별로 없었다.

그러나 이제는 아니었다.

나는 무엇에 이끌리듯 무심코 어떤 풀밭에 앉았었다. 그리고 일어나보니 옷 전체에 도깨비바늘이 붙어 있었다. 그 바늘은 살갖을 파고들어 나를 아프게 했다. 그 첫번째 낯선 바늘이 그리움이었다.

나는 그녀라는 특별한 존재를 찾아내자마자 잃어버렸다고 생각했다. 그러나 꿈속에서는 늘 내 쪽에서 그녀를 버렸다. 꿈에서 깨어나면 온몸이 젖어 있었고 두려움 때문에 눈을 뜰 수가 없었다. 두려움의 베일을 젖히면 그 속에서 훨씬 더 강렬한 감정이 가시처럼 아프고 드세게 솟아올랐고, 그것이 그리움이었다. 꿈을 꾸면 또다시 그녀를 배신하리라는 걸 알았지만 어쩔 수 없었다. 어쩌면 나는 어떤 저주의 궤도 속으로 빨려들어가버린 모양이었다. 나는 마치 오래 전 잃어버렸던 통각을 되찾은 사람 같았다.

어느 날 시력을 거의 잃어가는 한 백내장 환자가 무력한 노인 특유의 지나친 공손함을 보이며 정밀검사실이 어디에 있는지 물어보았다. 한 층 위에 있습니다. 나는 노인에게 그 대답을 네번째 하고 있었다. 해진 청바지를 입은 젊은 남자가 진료실로 들어와서 짜증을 내며 떠밀듯이 노인을 데려갔다. 아마 그에게 넉넉한 수술비가 있었다면 짜증을 내지 않았을 것이다. 나는 병원에서 아픈 사람들을 만나는 일이 점점 힘들어졌다. 지금까지 나는 단지 환부를 상대했다. 그런데 점점 그것만이 아니게 되었다. 환부에서 비롯되는 고통을 보았고 그에 따라 감정이 조금씩 움직였다. 그리고 쉽게 지쳤다.

선배가 나를 못마땅하게 여긴 것은 당연한 일이었다. 선배에 대해서도 나는 전에 없이 여러 가지 반응을 갖게 되었다. 아랫사람을 자신과 비슷하게 만들려는 것은 관리를 손쉽게 하려는 장악의 일종이었고 파벌의 준비였다. 소모적이고 사소한 몇 가지 마찰이 생겨났고 이제 나는 그것을 포착할 수 있게 되었다. 그리고 점점 나를 압박해왔다. 나에게는 그 모든 것을 견딜 이유가 없었다. 10월이 되면서 나는 병원을 그만두었다.

우울하지도 불안하지도 않았다. 그렇다고 후련하거나 편안해졌다는 뜻도 아니다. 나는 처음부터 그렇게 살아왔다는 듯이 무심히 시간을 보냈다.

언제나 혼자였고 조용했다.

어느 날은 커튼을 뜯어 세탁소에 맡겼다. 세탁소 옆의 레코드 가게에서 '러버 소울'이라는 비틀스 시디를 한 장 샀고, 그러고 보니 플레이어가 없다는 사실을 깨닫게 되었으므로 그것을 사러 세 블록 떨어진 큰 상가로 나갔다.

오디오가게는 2층에 있었다. 내가 플레이어를 고르는 일은 간단했다. 최상의 선택을 하려고 하지도 않고 그럴 만한 사전 지식도 없기 때문에 까다롭게 굴 필요 없는 나를 주인은 친절히 대해주었다. 나 역시 물건을 잘 샀다는 확신을 얻기 위해서 마지막까지 품질이나 가격의 이로운 측면에 대해 다짐을 두는 따위로 주인을 괴롭히는 절차 없이 값을 치렀다. 내가 그려준 약도를 들고 주인이 말했다. 아파트가 아니라 단독 블록이네요? 29블록이면—소방서하고 피자집이 있는 건물이라—아, 알 것 같아요. 빨간 차양이 있는 피자집 말이죠? 거기 2층이요? 배달직원이 돌아오는 대로 바로 보내드릴게요. 참, 전화번호가 어떻게 되세요? 전화가 없다고 대답하자 주인은 입을 딱 벌리고 나를 바라보았다. 내 시선을 피해 다시 약도를 향해 눈을 내리깐 뒤에도 이해할 수 없다는 듯, 그것 참, 하고 중얼거리며 손가락으로 약도를 툭툭 치는 것이었다.

상가를 나오다가 나는 모퉁이 가게에서 햄스터를 보게 되었다. 그놈들은 철망으로 엮은 집 속에서 잠을 자고 있었다. 나는 별 생각 없이 발을 멈추었다. 연두색 철망집 안은 두 부분으로 나뉘어졌다. 왼쪽에는 붉은 플라스틱 쳇바퀴와 먹이통이 있었다. 그리고 오른쪽에 있는 흰색 철망 사다리 위에 다락방처럼 얹힌 것이 집이었다. 하늘색 지붕의 하얀 집은 국립공원 같은 데에 자연보호라는 글씨를 새긴 채 나무에 매달아놓은 새집 모양이었는데, 크기는 그보다 몇 배나 작았다.

그 집의 동그랗게 뚫린 구멍 안에 몸을 겹치고 잠든 햄스터 두 마리가 보였다. 그것들의 귓속은 너무나 작은 흰 조개껍데기 같았다. 웅크린 몸통 역시 작았는데, 갓 태어난 아기의 뒤꿈치만했다. 검은 털이 섞인 회색 스웨터를 뜨고 난 뒤 아주 조금밖에 남지 않은 실뭉치와도 비슷했다.

애완동물 가게 주인은 사십대쯤으로 보이는 남자였다. 내가 그에게 물었다. 이것들은 늘 이렇게 잠만 자나요? 주인남자가 시큰둥하게 대답했다. 낮에는요. 야행성이니까요. 남자가 철망집을 툭툭 건드리자 햄스터들이 눈을 떴다. 검은 벨벳 드레스의 목과 소매에 수없이 붙어 있던 조그만 구슬장식 중의 하나가 떨어져나와 물컵 속에 빠지고, 그것을 건져내서 박는다면 그런 눈이 될 것 같았다.

먹이는 뭘 먹나요? 그제야 주인남자는 앉아 있던 의자에서 몸을 일으켰다. 남자의 목소리가 조금 전보다 훨씬 적극적이 되었다. 저기 봉투에 든 배합먹이를 먹죠. 수분을 섭취하게 상추 같은 걸 넣어주고요. 목욕이나 가끔 시켜주면 되고, 키우기는 제일 쉬워요. 주인을 알아봅니까? 내 물음에 남자가 피식 웃었다. 그런다는 사람도 있긴 있지만 저것들이 알아보긴 뭘 알아보겠어요. 강아지나 고양이하고 달라서 맘 내킬 때만 한 번씩 가서 들여다보면 돼요. 귀찮게 하거나 신경쓰이는 일이 없으니 부담 없이 키우는 거죠. 주인의 사랑을 바라고 재롱을 피운다거나 그런 맛은 없어요. 사랑해주기를 아예 바라지 않나요? 내 말을 듣고 주인은 또 한번 픽 웃었다. 그거야 모르죠. 자기가 사랑받을 점이 별로 없다는 사실을 아는 거 아닐까요. 주인은 자기의 말이 재치있게 생각되었는지 한마디 더 덧붙였다. 사랑받기를 바란다면 쥐로 태어나지 말았어야죠. 안 그래요? 내가 대답했다. 얼마죠?

햄스터의 집을 들고 가게 문을 나서는 내게 주인남자가 당부했다. 그래도 살아 있는 놈들인데 사람 손을 안 탈 수야 있나요. 공책만한 공간에 갇혀 평생을 지내기 때문에 누가 해칠까봐 늘 겁을 내죠. 좀 귀여워해주세요. 집을 오래 비우게 되면 맡아주니까 갖고 오시고요.

남자의 말은 틀리지 않았다. 햄스터는 내버려두는 대로 혼자 자랐다. 나 역시 여전히 혼자이고 조용하게 지낼 수 있었다. 바깥이 어두워져 실내가 더욱 조용하게 느껴지는 저녁 무렵, 불현듯 달가닥거리는 소리가 나서 돌아보면 그놈들이 잠에서 깨어 쳇바퀴를 돌리기 시작하는 거였다. 시각은 언제나 여덟시 삼십분에서 아홉시 사이였다. 등뒤에서 달가닥 소리가 들려오면 나는 잠시 책이나 천장에서 눈을 떼고 어두워가는 창을 바라보았고, 다시 하던 일을 계속하곤 했다.

마음 내킬 때만 한 번씩 들여다보면 된다는 말 역시 맞는 말이었다. 대부분은 잊고 있다가 이따금 생각이 났을 때 먹이를 주어도 햄스터는 투덜대는 법이 없었다. 그놈들은 편식을 했다. 먹이통에 배합먹이를 쏟아놓았더니 해바라기 씨앗만 골라 먹었다. 해바라기 씨앗 한 개를 집어 철망 안으로 들이밀면 어느 틈에 달려와 다람쥐처럼 선 채로 두 발을 오므리고 받아먹었다. 철망 사이로 작은 목을 빼고 기다리기도 했다. 해바라기 씨앗을 쉬지 않고 계속 주어도 그놈들은 끊임없이 받아먹었다. 볼 안쪽에 집어넣어두었다가 나중에 꺼내먹는 것이었다. 사는 동안 늘 좋은 날만 계속되지 않는다는 것을 그놈들은 알았다.

종이를 넣어주면 그놈들은 종이 귀퉁이를 찢기도 하고 종이배라도 탄 듯이 접힌 골을 따라서 왔다갔다하기도 했다. 또 그것을 담요처럼 덮어쓰고 밑에 들어가 엎드려 있기도 했는데, 그대로 고개만 내밀고 쿨쿨 잠이 들어버릴 때도 많았다. 한 놈이 없어졌나 싶어 찾아보면 태극무늬처럼 서로 꼬리를 물고 하나의 실뭉치처럼 뭉쳐져 자고 있기 일쑤였다. 어떤 날은 같은 일에 싫증이 났다는 듯 쳇바퀴를 반대방향으로 돌리기도 했으며, 두 놈이 함께 올라탄 뒤 위아래에서 마주 보고 동시에 발을 구르면서 장난을 쳤다. 귀찮아서 먹이를 주지 않으면 조그만해졌다가 배불리 먹고 나면 몸집이 커졌다.

목욕을 시킬 때마다 그놈들은 바들바들 떨면서 나를 물끄러미 올려다보았다. 수건을 덮고 그 위로 드라이어로 따뜻한 바람을 쐬어 물기를 말려주는 동안 수건 아래에서 불안하게 꼼지락대는 그놈들의 움직임을 손 안에 느낄 수 있었다.

어느 날 저녁 무렵 문득 나는 집 안이 너무 조용하다는 생각이 들었다. 그러고 보니 여덟시 반에서 아홉시 사이에 아무 소리도 듣지 못한 날이 이틀은 된 것 같았다. 햄스터 집으로 가보았다. 밤인데도 그놈들은 운동할 생각을 하지 않고 눈을 감은 채 축 늘어져 움직이지 않았다. 한밤중에 다시 한번 살펴보았지만 마찬가지였다.

나는 애완동물 가게에 병든 햄스터를 데려갔다. 주인남자는 이틀 뒤에 찾으러 오라고 말했다. 나오면서 흘끗 보니 그놈들은 축 늘어져 눈조차 뜨지 못했다. 나는 기분이 좋지 않았다. 그 가게 여기저기에서 디룩디룩 눈을 굴리고 있는 모든 애완동물에게 어쩐지 짜증이 났다.

그날 저녁은 너무 조용했다. 그것은 내가 필요로 하는 것보다 약간 더한 조용함이었다.

바둑 채널을 켰는데도 그것만으로는 그 조용함이 해소되지 않았다. 돌아누워보았지만 마찬가지였다. 햄스터가 있기 전까지는 그 조용함만으로도 충분했는데, 왜 바뀌어버린 것일까.

천장 등에서 농담(濃淡) 차가 전혀 나지 않는 균일한 빛이 새어 나와 네모반듯한 방 안을 채우고 있었다. 욕실 세면대의 수도꼭지는 꼭 잠겨 있었고 책장의 책은 가지런했으며 한 번도 위치가 바뀐 적 없는 냉장고, 침대, 옷장 따위의 가구들은 아무런 할말도 없어 보였다. 바닥에는 아무것도 흐트러져 있지 않았고 벽에 걸린 것은 하나도 없었다. 파리 똥이나 바퀴벌레조차도.

불현듯 나는 시디플레이어가 아직까지 배달되지 않았다는 사실을 깨달았다.

다음날 1층 피자집의 공중전화부스에서 오디오가게 주인에게 전화를 걸었다. 일주일이나 됐다고요? 벌써 그렇게 됐나요. 이거 죄송합니다. 전화번호를 안 주셔서 연락을 못 했는데, 사실은 손님이 주문하신 그 물건이 창고에 없어서 본사로 가지러 갔거든요. 한 이틀만 더 기다려주시겠어요?

그 다음날에는 상가에 가서 햄스터를 데려왔다. 그러나 이제 해바라기 씨앗을 한 개씩 받아먹게 한다든지 종이를 넣어준다든지 하는 일은 하지 않았다. 원래 있던 자리에 집을 갖다놓은 뒤 당분간 들여다보지 않아도 될 만큼 먹이통에 먹이를 수북이 쏟아놓았다. 처음부터 그 정도 이상은 관심을 두지 말았어야 했다. 아예 애완동물 가게의 주인남자에게 햄스터를 처분해버리고 오지 않은 것이 약간 후회되었다.

약속된 이틀을 넘겨 사흘이 지나자 나는 다시 오디오가게에 전화를 걸었다. 주인은 내가 고른 상품이 구 모델이라서 구하는 데 시간이 걸린다고 말했다. 내가 대꾸했다. 음악이 나오기만 하면 어떤 상품이나 상관없어요. 그럼 하는 수 없네요. 디스플레이 해놓았던 물건이라도 보내드릴게요. 주인은 마치 선심 쓰듯 말했다. 어디 안 나가실 거죠? 라고 다짐까지 두었다. 주인은 또 이런 질문도 던졌다. 그런데 왜 전화를 안 놓고 사세요? 자주 옮겨다니는 직업인가보죠? 남에게 별 관심이 없는 만큼 나의 사람 보는 눈도 대체로 정확하지 않은 편이긴 하지만, 어쨌든 처음 짐작처럼 친절한 사람은 아니었다.

오후 늦게 커튼을 찾으러 세탁소에 갔다 와보니 현관문 틈에 뭔가가 끼워져 있었다. 누런 포장박스를 조금 찢어 그 위에 급히 갈겨쓴 글씨였다. 오디오집에서 왔다 감.

그 일이 있은 뒤로 오디오가게에서는 또다시 아무 연락이 없었다. 다시 전화를 건 것은 사나흘 뒤였다. 주인은 내가 집을 비웠다는 사실을 강조하며 짜증을 냈다. 지금 플레이어를 배달시킬 테니 제발 집에 붙어 있어달라는 주인의 말투에는 비난이 가득했다.

그때 역시 피자집의 공중전화부스에서 전화를 거는 중이었다. 부스를 나오니 피자 냄새가 났고 마침 점심때였다. 주문 데스크로

다가간 나는 미디엄 사이즈의 체다치즈 피자 한 개를 포장해달라고 말했다. 피자가 구워지는 동안 유리창을 통해 옥외 파라솔들을 바라보았다. 빨간 차양이 바람에 가볍게 나부끼고 있었다. 마치 회전목마처럼 초록과 빨강 천이 번갈아 대어진 파라솔 아래의 하얀 피크닉 의자에서 사람들은 서로 피자와 콜라를 나눠 먹었다. 탁자 가운데에 놓인 따뜻한 팬 위의 피자조각은 정확히 짝수로 없어져갔다.

조금 뒤 포장 상자의 초록 끈을 잡고 계단을 올라와보니 현관문에 며칠 전과 똑같은 메모가 끼워져 있었다. 오디오집에서 왔다 감.

나는 피자의 맛을 망치고 말았다. 인생이 몹시 복잡해져버린 느낌이 들었다.

그러고 또 이틀인가가 지나 다시 상가로 나갔다.

오디오가게는 아직 문 열 시각이 되지 않았는지 진열대가 여러 개의 보자기 같은 것으로 덮어씌워져 있었다. 그 맞은편은 안경점이었다. 안경점 입구에 큼지막한 안경사 자격증을 내건 젊은 주인은 친절했다. 오디오가게 주인의 첫인상과 비슷했다. 모든 가게 주인들이 서로 그렇게 하기로 짜기라도 한 것일까. 조금만 기다리세요. 곧 나올 때가 됐거든요. 이쪽에 의자 있는데 하나 드릴까요.

나는 그가 권하는 대로 오디오가게가 보이는 방향으로 의자를 돌려놓고 앉았다.

젊은 안경점 주인의 지시에 따라 한 남자가 콘택트렌즈를 끼어
보고 있었다. 남자는 번번이 실패했다. 렌즈를 처음 끼세요? 주인
이 물었다. 아뇨, 몇 년 전에도 끼어본 적 있는데 포기했었죠. 렌
즈가 잘 안 맞아요. 안과에 가봤는데 저는 눈물이 좀 부족하다나
봐요. 안구건조증인가보군요. 그렇다는 것 같아요. 가끔 눈이 좀
부시고 아파요. 아무튼 면접만 아니라면 그냥 안경을 끼는 게 속
편한데, 참. 요즘 누가 안경 쓴다고 면접 점수를 깎나요? 안경을
쓰면 오히려 세련되고 깔끔해 보이는데. 주인의 말에 남자가 겸연
쩍은 듯 말했다. 여자친구도 권하고요. 사실은 그것 때문이죠 뭐.
근데 안구건조증이란 거 말예요. 남자로서 좀 창피한 일이지만,
저는 잘 우는 편이거든요. 그런데 왜 눈이 그렇게 건조하다는 건
지 모르겠어요. 눈 속의 지방층을 만드는 샘에 문제가 생기거나
눈물을 공급하는 통로가 막히면 그런 증상이 오죠. 잘 우는 것하
고는 관계가 없어요. 그렇게 되는 거군. 남자는 드디어 렌즈를 눈
에 붙이는 데 성공했다.

나는 그들의 대화를 우두커니 들었다.

오디오가게 주인은 오지 않았다. 여자친구에게 잘 보이고 싶어
하는 남자 손님이 콘택트렌즈를 끼고 돌아간 뒤로도 한참이 지났
다. 나는 의자에서 일어났다. 이제 곧 나올 텐데. 안경점 주인이

말했다. 나는 조금 있다 다시 오겠다고 말하고는 계단을 내려갔다. 그리고는 상가 1층을 하릴없이 서성이기 시작했다.

특히 열쇠집에 오래 머물렀다. 내가 사는 집의 열쇠통을 뜯어내고 비밀번호를 눌러서 작동시키는 도어로크를 달기로 마음먹는 데는 오래 걸리지 않았다. 처음부터 작정이 있었던 것은 물론 아니었다. 단지 집을 새로운 방식으로 열고 싶어졌을 뿐이다. 나는 집의 약도를 그려 주인에게 주었다. 전화번호는요? 주인이 물었다. 전화는 없어요. 약도뿐예요. 언제 올 건가요? 주인이 한 시간 뒤에 오겠다는 것을 나는 세 시간 뒤로 미루었다.

상가를 나온 뒤 집 반대쪽으로 걷기 시작했다. 큰길이 T자로 갈라지는 곳에 공원 푯말이 보였다. 나는 공원을 향해 천천히 걸었다. 호수를 끼고 있는 아주 넓은 공원이었다. 사람이 북적이지는 않았지만 적은 편도 아니었다. 벤치에 앉은 연인들도 꽤 눈에 들어왔다. 어린 연인들의 경우는 서로의 손을 꼭 붙잡았고, 나이든 연인 쪽을 보면 대개 남자 혼자 캔맥주를 마시는 풍경이었다.

세상에는 다른 방식으로 시간을 보내는 사람도 꽤 있었다. 내가 미처 생각해보지 않았을 뿐이다.

늦은 오후가 되자 아이들이 공원으로 몰려나왔다. 아이들은 인라인 스케이트를 신고 있거나 스케이트보드를 옆구리에 끼고 나타났다. 자전거를 타는 아이들도 많았다. 공을 갖고 온 아이들은 잘 가꾸어진 잔디밭 안으로 들어가서 공을 찼다. 멀리 '잔디 보호' 완장을 찬 관리인이 보이면 아이들은 얼른 스포츠색 속에 공을 집어넣고는 자전거만 타는 척했다. 어떤 아이는 짐짓 휘파람을 불기도 했다. 별 이유는 없었지만 나는 휘파람 부는 아이 하나를 계속해서 지켜보았다.

관리인이 멀어지자 그 아이는 자전거에서 뛰어내렸다. 그리고 제 키의 두 배가 넘는 청동 조형물 아래에 자전거를 세웠다. 두 개의 기다란 청동 기둥 끝에 바람개비가 달려 있는 조형물은 그 장소에 서 있는 것이 퍽 어색해 보였다. 아무리 바람이 불어도 움직이지 않는 청동 바람개비. 그 위에서 작은 풍향계만이 빙글빙글 맴을 돌았다. 아이는 조그만 돌멩이를 집어 풍향계를 향해 힘껏 던졌다. 돌멩이는 풍향계까지 올라가지 못하고 청동 조형물에 부딪쳐 쩔그렁, 소리를 내고는 퉁겨나갔다. 거기 기대져 있던 아이의 자전거가 기운 없이 픽, 쓰러졌다.

공원에는 자전거 빌려주는 곳이 두 군데 있었다. 두 사람이 같이 타게 되어 있는 자전거는 사마귀처럼 몸통이 길었다. 그리고 노란색이었다. 두 사람을 태운 노란 자전거들이 나무 사이로 나타났다 멀어졌다 하는 모습은 사마귀치고는 바쁠 것이 없어 보였다. 모든 것이 마찬가지였다. 나는 해가 질 때까지 자전거들을 구경했다.

그리고 현관 키의 비밀번호를 궁리하며 집으로 돌아왔다. 내 머릿속에 있는 숫자 조합은 꽤 많았다. 생년월일, 진의 전화번호, 중학교부터 고등학교까지 한 해에 하나씩 지녔던 일련 번호들, 외래 환자 한미라의 연락처, 자동차 번호…… 가장 강력하게 기억을 보장하는 숫자는 현금카드의 비밀번호였다. 그것은 어떤 날짜를 가리키는 숫자인데, 좋든 싫든 나라는 사람의 삶을 지금과 같은 것이 되도록 결정지어준 날짜인 것이다.

그 날짜는 나 혼자서 검소하게 사는 정도라면 평생을 돈 따위는 걱정하지 않아도 될 만한 잔고를 내 통장에 남겨준 날의 숫자이기도 했다. 나의 현실을 보장해준다는 의미로, 나는 현금카드의 비밀번호를 그 날짜에서 따왔었다. 내 생일날은 분명 아니지만 그날은 내게 생일의 의미도 없지 않았다. 그날은 나 혼자 살아난 날이었다. 가족 모두는 사고 현장에서 한꺼번에 죽었다.

남쪽지방 어딘가의 구부러진 산길에서였다고 했다. 커브가 너무 심해서 마주 오는 대형 트럭을 미처 보지 못했다. 험상궂게 찌그러진 승용차 안에 생명이 붙어 있는 것은 나뿐이었다. 아홉 살 난 내가 살아난 것을 두고 어떤 사람들은 천행이라고 했고 또 어떤 사람들은 액운이라고 했다. 하늘이 천진한 어린애만은 살려준 거라고도 했지만 나를 가리켜 가족을 잡아먹는 악마의 운명을 타고난 아이라고 말하는 사람도 있었다. 누구는 동정하는가 하면 고아로서의 인생행로가 너무 뻔하다며 차라리 죽는 게 나을 뻔했다고 냉대하기도 했다.

그들의 판단 중 어떤 것이 타당한지는 생각해본 적이 없다. 이 세상에 살아 있는 수많은 사람들이 그렇듯 나 역시 살아 있으니 그 동안은 살아갈 수밖에 없는 것이다. 그뿐이다. 그리고 어찌 됐든 죽은 가족의 존재가 내 통장 속의 돈으로 남아 있다는 사실로만 본다면 나는 운이 나쁜 것만은 아니다.

나는 아홉 살이었고, 나에게 있어 운명이란 그것을 받아들이는 것 말고는 아무것도 할 수 없도록 그렇게 왔다. 나는 한 번도 혼자라는 사실을 불행해해본 적이 없다. 그렇게 생각하는 편이 나았고 또 그것이 가능하다고 여겨왔다. 마치 물병 속의 물을 마셔 없애는 것처럼.

그녀를 만나기 전까지는 말이다.

바로 다음날로 나는 전화를 신청했다. 전화기를 사러 상가에 갔는데 오디오가게 주인은 그날도 늦게 나오는지 아직 문이 닫혀 있었다.

전화기를 설치하자마자 전화국에서 새 전화번호를 주었다. 먼저 진에게 전화를 걸어 번호를 알려주었다. 그러나 아무리 생각해봐도 전화 걸 곳이 그 이상은 단 한 군데도 떠오르지 않았다. 물건과 번호가 하나씩 늘어가고 있지만, 달라지는 것은 거의 없었다.

GIRL

이제부터 뭘 할 거야? 전화 속에서 진이 물었다. 나는 읽고 있던 『성』을 덮으며 아무렇게나 대답했다. 글쎄, 프라하에나 가볼까. 그래? 카프카 만나면 내 안부도 전해줘. 편지 좀 하라고 그러고. 진은 약간 빈정댔다. 그러나 삼 주 후에 나는 정말 프라하에 가 있었다.

떠나기 며칠 전 오랜만에 진을 만났다. 진은 뭔가를 상의하고 부탁하기 위해 우리가 졸업한 대학의 교수를 만나러 가는 길이었다. 예전에 진은 그런 종류의 일을 '자기가 구운 케이크를 너무 많이 먹어버리는 것과 같은 돼지 짓'이라고 비틀스 가사를 빌려 비웃었겠지만 지금은 좀 달랐다.

언제 돌아올 거야? 가봐서. 돌아오면 또 뭘 할 건데? 그때 돼봐야 알겠지 뭐. 제기랄! 옆으로 고개를 돌리며 진은 나직하게 내뱉었다.

아직도 그 여자가 꿈속으로 너를 불렀다고 생각해? 아니 참, 너를 만나러 무슨 성벽인지 꿈인지를 뚫고 나왔다고 했던가. 진의 말에 나는 아무렇지 않은 척 웃어주려 했지만 잘 되지 않았다. 진이 계속했다. 꿈이라면 나도 수없이 꾸어봤어. 열한 살 땐가 우연히 해몽 책을 본 뒤부터 그놈의 악몽에 꽤나 시달렸지. 좋은 옷을 입는 꿈은 불길한 일이 생길 징조이다, 꿈에 신발을 잃어버리면 재산을 잃는다, 꿈속에서 음식을 먹으면 병에 걸린다. 이가 빠지는 꿈은 또 뭐라더라. 아무튼 그런 건 그래도 괜찮아. 나를 향해 달려오는 기차는 죽음을 뜻한다! 이 구절을 본 뒤부터는 기차 꿈을 꿀까봐 눈을 부릅뜨고 잠을 안 잤지. 그러다가 깜빡 잠이 들면 늘 기차가 머리 위로 지나가는 꿈이었어. 얼마나 꿈이 무서웠으면 내가 그 두꺼운 프로이트의 『꿈의 해석』을 끝 페이지까지 독파했겠어. 그 책에서 알게 된 것은 두 가지뿐이야. 인간은 무력한 존재라서 미래에 대해 늘 불안감을 갖고 있다는 것과 퀴즈 맞히기를 좋아한다는 것. 어쨌든 꿈은 그냥 꿈이야. 꾸고 나서 잊어버리는 거라구.

진이 계속 말했다. 어떤 소설에서 악마의 향기로 여자를 현혹시켜 죽이는 사생아 이야기를 읽은 적이 있어. 자기 자신은 무색

무취의 인간이기 때문에 그런 향수를 만들어낼 수 있다는 거야. 그 소설 보니까 열심히 노력하면 냄새도 유리병 속에 담아넣을 수가 있더라구. 공부 못하는 놈들 말이 맞아. 노력해서 안 되는 건 공부뿐인가봐. 어쨌든 냄새가 그러니 꿈도 그러지 말란 법은 없지. 아무리 허상이지만 자꾸 꾸다보면 꿈에도 실체가 생겨날지 몰라. 꿈에 본 영상이 실제로 눈앞에 나타난다, 있을 수 있는 일이야. 하지만 그래서 어쨌다는 거야. 그런 것으로 반도체를 개발하고 놀이동산을 설계하고 외환시장을 조절하고 암을 퇴치하는 건 아니잖아.

인생이 기차여행이라면 네가 꾸는 꿈은 차창 밖을 스쳐가는 수많은 풍경 가운데 하나야. 조금 매혹적인 풍경이라고 해서, 역도 아닌 곳에 굳이 기차를 세워달라고 우길 필요 있어? 잠깐 딴생각이나 하면서 그냥 지나쳐가면 아무 일도 일어나지 않는 걸 갖고. 그러다가는 목적지에 도착하기도 전에 모든 걸 잃게 돼.

식은 찻잔을 들었지만 내 찻잔 안에 커피는 남아 있지 않았다. 내가 천천히 대꾸했다. 목적지에 도착한다 해도 반드시 원하는 걸 얻는 건 아니야. 무슨 뜻이야? K 말야.

K가 도착한 것은 밤이 깊어진 뒤였다. 마을은 눈 속에 묻혀 있었다. 성이 있는 산은 보이지 않고 짙은 안개와 어둠 속에서

성을 비춰주는 불빛조차도 알아볼 수 없었다.

그것은 『성』의 첫 대목이었다. 때로 진과 나는 맥주 첫잔을 들 때 무슨 강령이라도 되는 것처럼 그것을 함께 소리 높여 외운 뒤 술을 마셨었다.

진이 담배에 불을 붙였다. 나도 담배를 한 대 꺼내물었지만 성냥갑 안에는 성냥알이 하나도 남아 있지 않았다. 진이 물고 있던 제 담배를 건네주었으므로 나는 불을 붙인 뒤 그것을 돌려주었다. 그리고, 고마워, 라고 말했다. 담배를 입술로 가져가던 진이 나를 흘끗 쳐다보았다. 갑자기 우리 사이에는 무거운 침묵이 드리워졌다. 그리고 담배연기가 길게 내뿜어졌다.

그것이 무엇이라고 정확히 말할 수는 없었다. 어쨌든 익숙한 것이 내게서 떨어져나가는 듯한 느낌이었다. 마치 삼쌍둥이의 분리수술을 하는 시간이라고나 할까. 진도 똑같이 느꼈을 것이다. 아직은 수술 도중이라서 우리의 몸이 조금은 붙어 같은 생각을 할 수 있을 테니 말이다.

스키 폴로 낚시를 하는 여자랑은 요즘 어때? 내가 가벼운 어조로 침묵을 깼다. 응, 잘돼가. 진 역시 짐짓 부드럽게 대답했다. 어떻게 됐는데? 내가 취미를 바꾸었거든. 그 여자처럼 스키를 타기로 한 거야? 아니, 낚시와 스키를 동시에 할 수 있는 장소를 취미

삼아 함께 찾아보기로 했어. 아마 그 일로 평생을 탕진해야 할 것 같아. 그랬군. 너 없는 사이에 해치우려고 약혼날짜도 잡았어. 진은, 열흘 뒤야, 라고 덧붙였다.

비록 분리수술을 해서 더이상 '하품하는 쌍둥이'는 아니라 해도 진은 내게 하나뿐인 친구였다. 헤이 주드! 내가 장난스럽게 불렀다. 그 노래 제목이 뭐더라? 갑자기 회전문 앞에 서 있는 만화경의 눈을 가진 소녀……

진이 말해주었다. 천상의 루시.

그래, 찾아낸 거야? 진은 천천히 고개를 저었다. 아니, 그런 소녀는 존재하지 않아. 그 소녀를 찾은 게 아니라 그 소녀의 노래를 함께 들을 만한 여자를 하나 선택한 거야. 그건 또 무슨 말이야? 환상이란 실현되는 게 아니라 가슴에 품는 거거든. 그래? 남들은 상대의 가슴속에 있는 환상을 알아주는 것을 사랑이라고 말하는가보던데? 그게 그거야. 여자라는 존재가 대충 그 정도지 뭐.

진과 나는 되도록 유쾌하게 이야기를 주고받았다. 마지막 고백이 될지도 모른다며 진은 자기 곁을 스쳐 지나간 여자애들의 신체적 특징에 대한 각종 미련을 털어놓았다. 약혼식장에 가기 전에 꼭 한 번은 만나볼 필요가 있다며 네댓 개의 이름을 꼽기도 했다. 진은 그런 말을 일부러 진지하게 했다. 마음에 없는 얘기일수록 진지하게 하는 것은 진의 버릇이었다. 반대로 좀 진지하다 싶은 애기는 가볍게 했다. 이상주의자이기 때문에 냉소적일 수 있는 것처럼. 하긴 그 말도 진이 알려준 것이다. 존 레논이 죽었을 때 미국 대통령의 추모사였다던가 그랬다.

존 레논은 38구경에서 다섯 발이 쏟아져나와 죽었거든. 여섯 시간 전에 찾아와서 '이중 환상곡' 앨범에 사인을 받아갔던 놈이야. 자기를 존과 동일시했지. 우상을 쏜 거야. 쏘고 나서는 코트를 개켜서 옆에 놓고 조용히 『호밀밭의 파수꾼』을 읽었다던데. 그럴 수도 있지 뭐. 아무 일도 아니야. 더이상 존 레논이란 한 남자가 이 세상에 없다는 것뿐이지.

진은 인생이란 택시 잡기 같은 것이라고 말했다. 택시가 잡히고 안 잡히고는 전적으로 운이겠지. 둘 중 하나잖아. 어떻게 보면 확률이란 성립이 안 돼. 잡힐 확률이 구십구 퍼센트라고 하더라도 하필이면 내가 일 퍼센트에 속해서 택시를 못 잡을 수도 있는 문제니까. 그런 줄 알면서도 택시가 잘 잡힐 만한 곳을 조사하고 통계를 내고, 또 그 정보를 알아내고 그 정보가 지시하는 위치에서 택시를 기다리고, 그렇게 해야 하는 게 인생이겠지. 정작 택시가 잡히고 안 잡히고는 운에 따라 결정된다고 하더라도 아무것도 하지 않을 순 없잖아. 세상은 무위를 용납하지 않으니까.

나는 무슨 말인지 잘 알아들을 수가 없었다. 진이 순응주의자라도 되었단 말일까. 주기적으로 열리고 닫히도록 만들어진 자동

커튼처럼 우리 사이에 또다시 침묵이 드리워졌다.

비행기표 샀어? 응. 짐은 꾸렸어? 응.

우리는 더이상 할말이 없었다. 진이 농담을 던졌다. 짐이라야 트렁크 팬티뿐일 텐데, 안 그래? 진은 삼각팬티파였다. 그는 헐렁한 트렁크 팬티로는 자신의 우람한 물건이 체적상 도저히 보좌를 받을 수 없기 때문이라고 너스레를 떨곤 했었다. 고환이 서로 부딪칠 수도 있고 말야. 헐렁한 팬티는 이래저래 불편하지. 물론 쏠릴 것도 없이 변변찮은 물건에는 트렁크 팬티라도 상관없겠지만. 나는 진의 농담을 받아넘겼다. 고환은 원래 서로 부딪치지 않도록 비대칭으로 설계돼 있을 텐데? 팔십오 퍼센트가 오른쪽보다 왼쪽이 더 늘어져 있고. 진이 웃으며 응수했다. 특히 도망칠 때와 싸울 때는 호두알만큼 작아지지. 기특한 녀석!

우리의 표정은 농담하는 사람치고 어색했다.

진과 나는 찻집 앞에서 헤어졌다. 진은 짧은 순간 망설이더니 이렇게 말했다. 살인범이 말야, 같은 죄를 짓고 들어온 놈과 단둘이 감방에 갇히면 어떤 짓을 할까? 글쎄, 둘이 새로운 살인을 모의할 것 같은데? 내 대답을 듣고 진은 웃었다. 성공할까? 서로 배신하겠지. 그놈들이 어떤 놈들인데. 맞아. 진이 고개를 끄덕였다. 내가 물었다. 갑자기 살인범 퀴즈는 왜? 아무것도 아냐. 우리가 왜 가깝게 지냈는지 생각해봤어. 그럼 잘 갔다 와. 진의 표정은 애매했다.

비행기 안에서 꿈을 꾸었다.

술에 취한 채 운전을 하고 있었다. 어두운 밤이었고 길은 몹시 구부러져 있었다. 커브길에서 운전대를 꺾어나가는데 갑자기 커다란 건물이 눈앞을 가로막았다. 브레이크를 밟아야 한다고 생각했다. 그러나 발밑을 아무리 더듬거려보아도 발에 닿는 것이 없었다. 차는 튕겨지듯 앞으로 질주하고 있었다. 건물에 부딪칠 것만 같았다. 피해봤자 소용없었다. 이미 예정된 일이구나. 하는 수 없이 나는 죽음을 받아들이기 위해 눈을 감았다. 그리고 차가 굴렀다. 눈을 뜬 나는 이런 경우를 당한 영화 속 주인공이 하듯이 팔을 쳐들어 움직여보았다. 아직 안 죽었나? 하고 중얼거리는 순간 나는 얼굴 살갗이 일시에 쭉 잡아당겨지는 듯한 공포를 느꼈다. 바로 그 상태가 죽음이란 걸 알았던 것이다. 온몸에 진땀을 흘리며 나는 내게 말했다. 나는 죽었어. 다른 세상으로 들어온 거야. 몸이 부서지고 차체가 깨져버린 뒤까지도 차바퀴는 계속 돌았다. 바람을 가르는 바퀴 소리가 귀에 들려왔다.

나를 깨운 것은 스튜어디스가 끄는 카트의 바퀴 소리였다. 내 자리는 통로 쪽이었다. 식사하시겠어요? 스튜어디스가 물었다. 나는 양 손가락으로 눈가를 몇 번 누르면서 고개를 끄덕였다. 생선으로 하시겠어요, 아니면 고기로? 고기로. 딱딱하고 퍼석퍼석한 냉동 생선을 씹기보다는 다진 고기 편이 나았다. 손님께서는요? 스튜어디스가 내 옆자리 승객을 향해 물었다. 전 됐어요. 나중에 커피나 주세요. 어린애처럼 가느다랗고 맑은 여자의 목소리가 들려왔다. 생선으로 주세요, 하는 것은 또다른 여자의 목소리였는데 좀 쉬어 있었다.

고기요리가 든 기내식 쟁반을 내게 준 다음 스튜어디스는, 죄송하지만 안쪽으로 좀 건네주시겠어요? 하면서 생선이 놓인 쟁반을 내 쪽으로 내밀었다. 나는 그렇게 했다. 내 바로 옆의 여자는 승려들이 겨울에 쓰는 것과 비슷한 회색 모자를 눌러썼고, 창가 자리에 앉은 뚱뚱한 여자는 굵은 검은 테 안경을 끼고 있었다. 그들은 친구 사이 같았지만 거의 말이 없었다.

나는 플라스틱 그릇에 씌워진 랩을 벗기고 대충 음식을 입 안에 우겨넣기 시작했다.

스튜어디스가 식사를 마친 쟁반을 걷어갈 때였다. 내 옆자리의 여자가 친구의 쟁반을 건네주다가 잘못해서 포크를 내 테이블 위에 떨어뜨렸다. 여자는 포크를 집어 다시 쟁반 위에 올려놓으며 죄송합니다, 라고 조그맣게 말했다. 그때 잠깐 그녀와 눈이 마주쳤다. 눈이 약간 이상했다. 분명 나를 보고 있었지만 초점이 맞지 않았다. 양쪽 눈의 곡률반경이 크게 차이나는 눈이었다.

비행기가 착륙했다. 안전벨트 사인에 불이 꺼지고 사람들이 일
어나기 시작했다. 내가 가방을 어깨에 메자 옆자리의 여자가 작은
목소리로 상냥하게 작별인사를 했다. 안녕히 가세요. 아, 네. 생각
지도 않았던 인사를 받은 나는 반사적으로 고개를 끄덕였다. 내
가방은 가벼웠다. 그 속에는 갈아입을 옷 몇 가지, 그리고 프라하
탐험지도라도 되는 듯이 『성』이 들어 있을 뿐이었다.

호텔을 구하는 일은 쉽게 해결되었다. 프라하 역까지 택시를
타고 나오니 걸어서 십 분 정도 거리에 호텔이 여러 곳 있었다.

그날 밤은 일찍 침대에 누웠다. 할 일이 아무것도 없었던 것이
다.

쉽게 잠이 오지 않는 밤이었다. 수없이 뒤척대다가 잠을 청하
기를 그만두고 일어나 앉았다. 불을 켠 뒤 담배를 피워물었다. 담
배연기가 흩어지는 것을 쳐다보며 나는 내 방에서 하듯이 방 안을
천천히 둘러보았다.

텔레비전. 그러나 바둑 채널이 있을 리 없었다. 눈과 귀를 긴장
시키는 이국의 방송은 전혀 보고 싶지 않았다. 전화. 내 소식을 궁
금해할 만한 사람이 있는지 생각해보았다. 없는 것 같았다. 욕실
문에도 시선이 갔지만 샤워는 이미 마친 뒤였다. 이국의 호텔방
안에서 시간을 보낼 수 있는 일이란 아무것도 없었다. 속옷 몇 벌
밖에 들어 있지 않은 옷장을 열고 속옷들을 꺼내 이것저것 갈아입

어볼 수도 없었으며, 스탠드 라이트를 켰다 껐다 한다든가 소파에 앉았다 일어났다 할 수도 없는 노릇이었다. 욕실을 청소하고 시트를 빨래한다든가 창턱의 먼지를 닦는다든가 하는 일, 그런 일을 할 수도 없었다.

전화기 옆에 놓인 호텔 이용 매뉴얼을 펼쳐보았다. '낯선 자가 벨을 누르면 망설이지 말고 신고하시오'란 주의사항이 눈에 들어왔다. '가구를 함부로 옮기지 마시오'란 항목도 있었다. 무거운 물건 들기를 싫어하는 나에게는 해당되지 않는 주의사항이었다. 관광안내 소책자와 지도를 뒤적여봤지만 흥미가 생기지 않았다. 몇 줄 읽어보다 그만두었다.

창가로 가서 커튼을 열었다.

창틀에 기댄 채로 프라하 시가의 밤을 꽤 오랫동안 내려다보았다.

달이 있는 밤이었다. 좁은 길은 어둡고 조용했다. 멀리 몇 개의 창에 불이 켜진 건물들과 차들이 드문드문 내려다보였다. 캄캄한 하늘에 커다란 은색 백조가 떠 있었다. 백조의 머리 위에는 아름다운 왕관이 빛났고 달이 천천히 그 왕관 위를 지나가는 중이었다. 백화점으로 보이는 커다란 건물 옥상에 설치된 홍보형 대형 네온사인이었다. 차가운 유리에 이마를 대고 나는 기도하는 사람처럼 잠시 눈을 감고 있었다.

그녀는 내 귓불에 입술을 대고 속삭였었다. 우린 돌아가지 않아요, 그렇죠?

그리고 그녀는 말했었다. 죽음도 끝은 아니에요. 모든 것은 반복되죠. 시간이라는 궤도에서 벗어날 수 있는 건 사랑을 이룬 사람들뿐이에요. 그들은 돌아가지 않아요.

내가 그녀에게 물었다. 그럼 그들은 어디로 가죠? 그녀는 천천히 고개를 저었다. 아무 데도 가지 않아요. 왜요? 왜냐하면 이미 소멸했으니까요.

나는 다시 침대 안으로 들어가 누웠다. 깨끗이 세탁된 침대 시트와 베개에서는 희미하게 꽃냄새가 났다. 베개에 깊이 얼굴을 묻었다. 그것이야말로 이국의 호텔에서 내가 할 수 있는 단 한 가지 일이었다. 나는 내가 왜 프라하에 왔는지 정확히 알지 못했다. 그것은 왜 현관의 키를 바꿔달고 공원에 나가 자전거를 구경하는지 알지 못하는 것과 마찬가지였다. 햄스터들은 결국 죽었고 오디오 가게에서는 내가 떠나오던 날 아침까지도 물건을 배달해주지 않았다. 밤마다 나는 『성』을 읽다가 잠이 들었다. 그리고 잠드는 순간, 내일 아침 눈을 뜨면 그곳이 프라하일지도 모른다고 생각했다. 그녀를 다시는 찾을 수 없으리라는 것은 알고 있었다. 하지만 어디로든 가야 할 것 같았다.

그런 생각을 하다가 나는 잠이 들었다.

그리 오래 잔 것 같지는 않았다. 어느 순간 문득 눈을 떴다. 전화벨이 끈질기게 울리고 있었기 때문이다. 그러나 전화벨 소리는 내가 눈을 뜬 순간 끊어진 듯했다. 내 눈에 들어온 것은 단지 어둠, 그리고 물 속 같은 침묵뿐이었다.

꿈속까지 전화벨 소리가 따라왔다. 쉽게 그칠 성싶지 않게 끈질겼다. 눈을 꾹 감은 채 견뎌보려 했지만 헛수고였다. 일어나 전화를 받아야겠다고 생각했다. 가까스로 눈을 떴다. 그러나 내가 전화를 받을 필요가 없었다. 내 발치에서 자고 있던 누군가가 일어나 전화를 받는 것이 보였다. 여신의 옷처럼 자락이 긴 잠옷을 입은 여자였다. 그녀는 내게 등을 돌리고 속삭이듯 통화를 했다. 누굴까. 나는 그녀의 통화가 끝나기를 기다렸다. 잠이 별똥별처럼 눈꺼풀 위로 쏟아져내렸다. 그녀의 얼굴을 보지 못하고 잠이 들어버릴까봐 나는 눈꺼풀에 힘을 주었다. 그러나 안간힘에도 불구하고 그 꿈 역시 다른 안타까운 꿈들이 그렇듯이 그녀가 전화기를 내려놓고 일어서 내 쪽을 향해 얼굴을 돌리려는 순간 깨어졌다.

다음날 나는 호텔 1층의 식당에서 시리얼과 우유, 초콜릿과자 두 개, 요구르트 한 개로 아침을 먹었다. 나는 천천히 요구르트의 뚜껑을 벗겨냈다.

테이블 사이를 돌아다니며 빈 접시를 치우고 커피잔에 뜨거운 커피를 부어주는 여급은 예쁜 체코 소녀였다. 영어를 쓰는 한 관광객 노파가 소녀에게 뭔가 말하고 있었다. 두 번이나 왔다구요. 잠을 완전히 설쳤다니까. 체코 소녀는 그러지 않아도 잘못 걸린 전화벨 소리 때문에 잠을 설친 방이 세 곳이나 된다고 친절하게 설명했다. 소녀의 말대로 별일 아닌 모양이었다.

나는 그날 멀리 나가지 않았다. 호텔에서 가까운 구시가 쪽을 걸었을 뿐이었다. 도시는 새롭게 뜯어고쳐지는 중이었다. 여기저기 세워진 거대한 타워 크레인이 중세를 간직한 고도(古都)라는 평판에는 어울리지 않았다. 그 어느 것에도 나는 관심이 없었다.

사진 찍는 것, 물건을 사는 것도 마찬가지였다. 거리의 관광객들은 꽤 바빠 보였지만 나는 그다지 할 일이 없었다. 두어 번쯤 조그만 카페에 들어가 커피를 주문했다. 점심으로 값싼 캐비아를 안주 삼아 흑맥주를 시켜놓고 앉아서 시간을 보내기도 했다. 북적이는 책방에서 엽서와 달력을 고른다든지 관광객들의 어깨 너머로 시디를 구경하는 것보다는 나았다.

골든 레인을 걸어올라갈 때는 바닥에 깔린 돌의 모양을 내려다보기도 하고 작은 상점들에 눈길을 주기도 했다. 모자가게 앞에는 손님이 많았다. 랍비의 모자, 북구 사람들이 자주 쓰는 털모자, 사냥모자, 운두가 높은 검은색 귀족모자. 여러 개의 고깔을 색색으로 이어붙여 끝에 방울을 단 장난스러운 모자 옆에 원뿔형의 검은

색 마녀모자도 있었다. 비행기 옆자리의 여자가 쓰고 있던 회색 모자 같은 건 보이지 않았다.

광장에는 다섯 사람으로 이루어진 밴드가 음악을 연주하고 있었다. 그중 한 사람은 자신들의 어설픈 연주가 들어 있는 음악 테이프를 팔았다. 똑같은 상표의 바바리코트를 입은 점잖은 부부가 그것을 샀다. 체코 민속음악은 서정적이에요. 안 그래요? 그럼, 스메타나와 드보르자크의 고장이잖아. 레닌 필 듣다가 체코 필 연주 들어봐. 얼마나 부드럽고 서정적인데. 이런 식의 말들을 주고받았다.

그들 곁을 지나쳐 나는 치렁치렁한 옷을 늘어뜨리고 서 있는 남자의 동상 쪽으로 가보았다. 체코 종교개혁가 얀 후스의 동상이라고 씌어 있었다. 그러나 그 동상 아래에 기대 쉬고 있는 많은 사람들은 얀 후스에게 전혀 관심이 없는 듯했다. 더러운 옷에 긴 머리카락이 마구 엉켜서 부랑자같이 보이는 한 남자는 개혁가 발치의 계단에 누워 잠이 들어 있었다. 그 모습을 스케치북에 데생하고 있는 남자도 차림새로는 부랑자와 그다지 다른 점이 없었다.

정시가 되자 사람들이 시 청사의 시계탑에 모여들었다. 시계 위에 난 작은 창문이 열리고 인형이 된 예수의 열두 제자가 나타나 인사를 했다.

광장 한쪽에 늘어선 집시들의 수레에서는 조잡한 귀고리와 마녀인형, 칼 따위를 팔았다. 그것들을 건성으로 구경하며 어슬렁거리는 내 귀에 갑자기 한국말이 들려왔다. 저것이 고딕 양식의 틴 교회고요, 저기 보이는 게 로코코 양식의 킨스키 궁전입니다. 가이드를 빙 둘러싸고 열심히 설명을 듣는 무리는 한눈에 보기에도 한국 단체관광객이었다.

프라하는 중세가 그대로 보존돼 있습니다. 왠 줄 아시는 분? 가이드가 물었다. 관광객들은 대답을 하지 못하고 서로를 쭈뼛거리며 바라보았다. 그것이 가이드를 더 만족시키는 것 같았다. 모르시겠어요? 힌트! 세계대전하고 관계가 있습니다. 이래도요? 아, 쉬운 건데 모르시는군요. 1938년 나치가 공격을 개시하자마자 프라하는 바로 항복을 해버렸지요. 바르샤바 같은 데는 끝까지 저항을 해서 도시가 몽땅 부서졌지만 프라하는 그 반대라는 겁니다. 역사의 아이러니죠.

나는 그 자리를 떠났다.

백인 청년 둘이 내게로 다가왔다. 빨간색과 금색의 궁정식 귀족 의상에 반바지, 흰 타이즈를 신었으며 모차르트처럼 회색 가발을 검은 끈으로 뒤로 묶고 있었다. 그들은 전단을 내밀었다. 모차르트 음악회에 초대한다는 내용이었다. 모차르트 주간이라서 입장료가 할인된다는 것이었다.

그들이 사라지자 이번에는 헐렁한 바지에 허름한 셔츠를 입은 남자가 나타났다. 처량해 보이는 그 남자 역시 전단지를 갖고 있었다. 마찬가지로 초대장이었는데, 속눈썹과 젖가슴이 과장되게 그려진 여자의 얼굴 옆에 '깜짝 놀랄 멋진 쇼!' 라고 적어놓았다. 틀림없이 만족할 것이라는 글귀를 번개가 치는 듯한 테두리 안에 넣어 강조했고 '숙녀도 환영!' 이라는 말까지 들어 있었다. 나는 귀찮았지만 모차르트와 깜짝쇼의 전단을 일부러 쓰레기통까지 가지고 가서 버렸다.

프라하 성에는 가지 않았다. 구시가로 가는 길에 카프카의 얼굴이 내걸린 기념관을 보았지만 거기에도 들어가지 않았다. 수많은 사람들을 보았고 더 많은 사람들이 내 곁을 스쳐 지나갔다. 마치 단체 관람을 하러 간 영화관 속에서 퀴퀴한 시멘트 냄새와 후텁지근한 땀냄새 사이를 헤치면서 앉을 자리를 찾아 돌아다니는 기분이었다. 영화관을 가득 채우며 바글대는 인간들이 모두 나와 똑같은 교복을 입은 또래들뿐이지만 나와는 전혀 상관없는 사람인 것 같던 기분 말이다. 어쩐지 답답해지기 시작했다. 나는 얀 후스 동상 아래 앉았다. 거기 잠들어 있던 부랑아 남자가 눈을 뜨고 나를 흘끗 보더니 불쾌하다는 듯 돌아누웠다.

그날 밤엔 잘못 걸려온 전화 따위는 없었다. 꽤 깊이 잤다. 한밤중에 한 번 눈을 뜨기는 했다. 창 쪽을 보니 또 밤하늘에 왕관을 쓴 백조가 날아와 있었다. 나는 안심하고 다시 잠들었다. 왜 안심했는지 생각해보고 싶었지만 그럴 여유가 없었다. 꿈에 그녀가 왔던 것이다.

나는 그녀의 손을 잡았다. 벙어리처럼 아무 말도 할 수 없었다. 가슴만 터질 듯이 아팠다.

—걸을 수가 없어요. 다리를 다쳤고 신발도 한 짝 잃어버렸어요.

그녀의 눈 속에 눈물이 고이기 시작했다.

—당신을 기다렸죠. 아주 오랫동안. 당신은 오지 않았어요.

무슨 말인가 하려고 했지만 내 목구멍은 진흙을 바른 듯이 꽉 막혔다. 그녀가 내 뺨에 손을 대고 말했다.

—당신 잘못이 아녜요. 당신은 내게 돌아오려고 했어요. 그렇죠?

나는 대답하기 위해 입을 벌렸다. 역시 소리가 나오지 않았다. 말더듬이가 첫 발음을 할 때처럼 입술이 심하게 떨릴 뿐이었다. 입술을 움직이기 위해 안간힘을 썼다. 그러나 뱃속으로부터 끌어올려지던 말이 그대로 목구멍에 걸려버려 나는 숨조차 쉬지 못했다. 누군가 내 심장을 꺼내서 풍선 불듯이 천천히 불고 있는 것 같았다. 풍선은 점점 팽창했다. 숨이 막혀갔다. 나는 그녀에게 말해야만 했다. 당신은 내게 돌아오려고 했어요, 그렇죠? 그녀가 물었다. 나는 대답해야 한다…… 드디어 풍선이 터질 때와 비슷한 찢어지는 느낌과 함께 내 입에서 외마디 소리가 터져나왔다. 아무것도 아니었다. 꿈이 깬 것뿐이었다.

온몸이 땀으로 젖어 있었다.

나는 꽃냄새가 나는 베개에 얼굴을 묻고 잠시 엎드려 있었는데, 어쩌면 조금 울었던 것도 같다. 돌아가서 진의 약혼식에 참석하는 편이 더 나을 것이라고 중얼거렸고, 그대로 일어나서 담배를 피웠다. 그녀는 내게 없었다.

I'M LOOKING THROUGH YOU

I'm looking through you, where did you go
I thought I knew you, what did I know

전날처럼 나는 식당의 창가 자리에 앉아 있었다. 창밖을 보며 아무 맛도 느낄 수 없는 요구르트를 생각 없이 떠먹었다. 내 접시에는 그것 한 가지뿐이었다. 문득 기분이 이상해서 고개를 돌렸다. 내 자리 앞에 누군가가 서 있었다. 한 여자는 키가 몹시 컸고 도마뱀이 그려진 흰색 캡을 썼으며 다른 하나는 검은 테 안경을 끼고 있었다. 비행기 옆자리에 앉았던 여자들이었다. 같이 앉아도 돼요? 검은 테 안경 쪽이 갈라진 목소리로 내게 물었다.

나는 아무 대답도 하지 않았고 그녀들은 아랑곳없이 의자에 앉았다. 그들은 손에 들고 있던 접시를 탁자 위에 내려놓았다. 얼굴이 창백한 키 큰 여자의 접시에는 커피 한 잔밖에 놓여 있지 않았다. 수수깡을 이어붙인 듯이 깡마른 그녀는 가느다란 버드나무 샛

164

가지 같은 긴 손가락으로 커피잔을 쥐었다. 검은 테 안경의 여자는 아침식사로 먹기에는 꽤 많아 보이는 음식을 담아왔다. 빵칼을 집어든 뒤 여자는 호밀빵에 버터를 듬뿍 바르기 시작했다.

우리는 줄곧 당신 뒤를 따라왔어요. 검은 안경테 여자가 말했다. 나는 그녀를 묵묵히 바라보았다. 마주 앉아서 본 그녀는 비행기 안에서 봤을 때보다 훨씬 뚱뚱했다. 빵을 씹으며 여자가 말을 이었다. 호텔을 잡을 때 말예요. 그러는 편이 시간 절약이 되니까요. 그런 다음 안경을 한번 치켜올리는 것이었다.

우린 늘 그런 식으로 여행을 해요. 계획을 짜거나 예약을 하거나 그런 건 질색이에요. 비행기를 타고, 그리고 옆사람이나 뒷사람이나 누구든 한 사람을 정한 다음 그 사람 뒤를 따라다니죠. 싫증이 나면 그만두기도 하고. 어차피 목적이 있는 여행도 아니니까요. 우리는 쇼에만 가면 돼요. 나는 검은 테 안경 여자의 말을 이해할 수 없었지만 궁금하지도 않았다. 여자는 두번째 호밀빵에는 산딸기 잼을 발랐다. 당신은 어제 구시가 광장하고 골든 레인까지 갔죠. 프라하 성에는 왜 올라가지 않았어요? 당신이 가방 속에 『성』을 갖고 있었기 때문에 우리는 당신이 성으로 갈 줄 알았는데 말이죠.

나는 요구르트 숟가락을 접시 위에 내려놓았다. 그리고 냅킨으로 천천히 입을 닦았다. 내가 일어서려 하자 이번에는 흰색 캡을 쓴 깡마른 여자가 들릴락 말락 하게 말했다. 당신 이름은 준이죠?

그럴 거요. 내 목소리는 고드름처럼 차갑고 뾰족했다. 당신들이 어째서 그런 취미를 갖게 되었는지 모르지만 남의 가방 안이나 입국카드 같은 건 엿보지 않는 편이 좋을 것 같군요. 검은 테 안경 여자는 피식 웃었다. 그랬는지도 모르겠어요. 하지만 가끔 우리는 그런 걸 그냥 알게 돼요. 그건 그러니까, 나도 모르게 내 주머니 안에 들어와 있는 기억나지 않는 낡은 머리핀 같은 거예요. 소매치기 조직이 알면 스카우트하려고 하겠군. 나는 입 속으로 중얼거리며 그대로 일어났다.

흰 캡의 여자는 나를 똑바로 올려다보고 있었다. 여자의 눈빛은 몹시 미묘했다. 눈동자가 똑바로 나를 향해 있는데도, 허공 어딘가를 쳐다보는 듯한 눈이었다. 두 눈의 초점이 맞춰지지 않는 눈, 다시 말해 양쪽 눈의 시력차가 크게 나는 비정상적인 눈이었다.

애 눈을 보는 건가요? 검은 테 안경이 나섰다. 왼쪽 눈은 시력이 나오지 않아요. 빛과 어둠을 구별할 뿐이죠. 뭔가가 바로 앞에서 움직여도 왼쪽 눈은 희미하게밖에 못 느껴요. 하지만 괜찮아요. 오른쪽 눈이 정상이니까요. 거리감각이 없어 실을 꿰거나 당구공 맞히는 건 잘 못하지만 볼링이나 농구 정도는 할 수 있어요.

검은 테 안경이 설명해주지 않아도 나는 흰색 캡의 여자가 원추각막증 환자라는 것쯤은 모르지 않았다. 그녀의 왼쪽 눈은 각막

이 매끄럽지 않고 울퉁불퉁하게 솟아올라 있었다. 그러나 내 시선을 멈추게 만든 것은 직업적인 지식 탓이 아니었다. 뭔가 다른 것이었다.

친구가 자기의 눈에 대해 설명하는 동안 흰 캡의 여자는 아무 말도 하지 않았다. 흰자위가 푸르스름하리만치 깨끗한 오른쪽 눈, 그리고 뿌연 각막 표면이 고르지 않게 돋아올라 있는 왼쪽 눈. 그것들이 서로 초점을 맞추지 못한 채로 동시에 나를 바라볼 뿐이었다. 친구의 말이 끝나자 그녀는 다물었던 입술을 힘에 겨운 듯 천천히 열어 이렇게 물었다. 레인 캐슬에 가지 않았어요?

그러고 보니 우리 소개도 안 했네요. 말을 가로채듯 검은 테 안경이 다시 끼어들었다. 제 이름은 미아예요, 그리고 얘는 미나. 미나는 모델이죠. 나는 '미나'로 불린 흰색 캡의 창백한 여자에게서 눈을 뗄 수가 없었다. 모델이라면 — 무섭게 마른 그녀가 아침식사 대신 커피만 마시는 이유가 그건지도 모른다. 그녀처럼 키가 크고 깡마른 여자들이 좁은 평균대 위를 걷는 듯한 걸음걸이로 어깨를 우쭐대며 무대에 나타났다 들어가는 패션쇼 장면을 바둑 채널을 찾다가 몇 번쯤 본 기억이 났다.

'미나'라고 불린 여자가 갑자기 악수를 청하듯이 손을 내밀었으므로 나는 무심히 그것을 잡았다. 흰색 실크 손수건 같은 그녀의 손은 살집 하나 없었으며, 가볍고 부드럽고 차가웠다. 그녀가 다시 의자 등받이에 기대며 다리를 꼬았을 때 나는 그녀의 발에 신겨진 흰 운동화와 그 운동화에 튀어 있는 몇 방울의 커피 얼룩을 보았다. 천으로 된 그 운동화는 무척 깨끗했다.

그걸 어떻게 알죠? 당신도 레인 캐슬에 갔었어요? 내가 그녀에게 물었지만 그녀는 대답하지 않았다. 나는 마음을 가라앉히려고 애썼다. 그러나 다시 입을 열었을 때 내 목소리는 약간 높아졌다. 그곳에서 뭘 했죠? 공무원 시험 공부? 수련원 모델? 그녀가 웃을락 말락 천천히 고개를 젓는 걸 보자 내 목구멍은 타는 듯이 아파 오기 시작했다.

검은 테 안경은 드디어 식사를 다 마친 모양이었다. 빈 접시들을 밀쳐놓으며 말했다. 당신은 우리를 그다지 좋아하지 않는 것 같군요. 우리도 오늘은 당신을 따라다니지 않을 거예요. 우리는 나로드니 화랑에 가서 〈왼쪽 다리를 세우고 앉은 초록 옷의 여자〉를 볼 생각이에요. 나는 실레를 좋아하거든요. 미나는 안 그렇지만.

그들이 일어나서 테이블을 떠난 뒤 나는 그 뒷모습을 멍청히 바라보았다.

사흘째의 프라하 역시 그다지 다를 게 없었다.

광장을 가로질러 카를 다리 앞에 이르렀을 때, 날씨는 맑았고 시월 하늘은 깨끗했다. 머리 위로 바람이 가볍게 스쳐갔다.

블타바는 아름다운 강이었다. 강 옆으로는 나무들 사이로 붉은 지붕과 흰 벽, 그리고 창이 많은 집들이 보였다. 강 위에는 여기저기 흰색 보트가 매어져 있었다. 유람선의 나무갑판 위에는 흰 의자들이 겹쳐 쌓인 채 간이 카페가 문을 여는 시각을 기다리고 있었다.

다리 입구에 섰다. 건너편 끝이 보이지 않았다. 레인 캐슬의 복도처럼 구부러져 있는 것은 아니었지만 다리 중간이 아치형으로 불룩 솟아오르게 설계되어 있었다. 난간 양쪽에는 성인의 동상이 죽 늘어서서 먼지와 새똥을 뒤집어쓴 채 관광객들을 굽어보았다.

나는 걸음을 멈추고 석상을 유심히 올려다보았지만 아무것도 느낄 수 없었다.

강을 끼고 펼쳐진 중세의 시가지 역시 이렇다 할 감흥 없이 내려다보았다. 나 자신이 그 풍경 안에 들어와 있다는 실감이 들지 않았다. 엄청나게 크고 생생한 그림엽서를 보고 있는 기분이었다. 이후에라도 나는 여행을 자주 하게 되진 않을 것 같았다.

다리 양쪽으로 길게 펼쳐진 노점에서는 머리핀과 브로치, 수채 풍경화 따위를 팔았다. 엽서나 짐시 퍼즐 따위 조잡한 물건들이었다.

사람들이 가장 많이 모여 있는 곳은 어떤 청년의 노점 앞이었다. 청년은 길고 검은 외투자락을 흩날리며 다리 난간 쪽에 서서 마름모꼴의 도자기 피리를 불고 있었다. 몰락한 귀족처럼 아름답고 우수가 깃든 청년의 흰 이마 위로 알맞게 머리카락이 몇 가닥 흘러내려와 있기도 했다. 반쯤 눈을 감고서 희고 긴 손가락을 놀리며 피리를 부는 청년 앞에 모여 있던 관광객들은 청년이 연주를 마치자 박수를 치고 피리를 사기 시작했다.

나는 다시 강 쪽으로 몸을 돌려 강물을 내려다보았다.

그리고 카를 다리를 건너갔다.

약간 외진 계단길로 접어들었다. 가파른 계단이라 올라가기에 힘이 들었지만 오래된 집과 카페를 볼 수 있었고, 무엇보다 그 길에는 사람이 적어 좋았다. 계단은 축축했고 꾸불꾸불 끝없이 이어졌다.

길은 다시 광장으로 이어졌다.

저녁이 되었고 나는 호텔로 돌아와 잠을 잤다. 두통이 찾아왔다.

아침 일찍 눈을 뜬 뒤 나는 역시 호텔 식당으로 내려갔다. 이젠 거의 습관이 된 듯했다. 그녀들은 먼저 내려와 있었다. 안녕하세요? '미나'라는 이름의 여자가 작은 목소리로 인사를 건넸는데, 오늘도 흰 캡을 쓰고 있었다. 베이컨과 치즈를 집어넣은 입을 향해 호밀빵을 가져가던 검은 테 안경의 '미아'는 곁눈으로 나를 바라보았다. 나는 그녀들의 앞자리에 앉았다.

나는 되도록 천천히 요구르트를 떠먹었다.

레인 캐슬에는 언제 갔었죠? 이윽고 내가 미나에게 물었다. 오래 전에요. 미나는 겨우 대답했다. 나는 고개를 끄덕였다. 얼마 전에 레인 캐슬을 찾으려고 남쪽지방으로 내려갔었죠. 무척 헤맸는데 끝까지 찾아내지 못했어요. 아직도 그 장소에 있나요? 미나는 모르겠다고 대답했다. 거기에서 나를 만난 적이 있다고 하지 않았어요? 아뇨. 미나의 고갯짓은 단호했다. 더 묻지 마세요. 미아가 퉁명스럽게 가로막았다. 미나는 그런 미아에게 짧은 일별을 던진 다음 초점이 맞지 않는 시선을 다시 내게로 돌리고 말했다. 저는 당신을 레인 캐슬에서 만난 적이 없어요. 그녀가 너무나 정색을 하고 말했으므로, 나는 내 마음을 답답하게 만드는 것이 짜증인지 혼란인지 분간이 가지 않았다.

무슨 말인가 하기 위해 입을 벌렸을 때 그녀의 눈은 아직도 나를 보고 있었다. 왼쪽 시선은 허공에 버려두고 오른쪽 눈만으로. 그러고는 무심한 동작으로 머리에 쓰고 있던 모자를 벗어 탁자 위에 올려놓았다. 그녀의 머리는 민둥머리였다. 인턴 시절 내과 병동에서 흔히 보았던, 약물 치료에 지친 말기 환자의 머리였다.

미나와 미아는 낮은 목소리로 자기들끼리 얘기를 나누기 시작했다. 목소리가 낮아서 내게까지는 들리지 않았다. 미나는 뭔가를 설명하려다가 금방 지친 기색이었고, 미아는 그런 미나를 꾸짖는 투였다. 내가 보고 있는 걸 깨달았는지 미아가 설명했다. 우린 꿈 이야기를 하는 중이었어요. 미나는 꿈을 많이 꾸는데 나중에는 꿈하고 진짜 있었던 일하고를 잘 구별 못 해요. 그래서 너무 많은 거짓말을 하게 되죠. 또다시 미나의 한 눈이 내 쪽으로 돌려졌다.

미아가 계속했다. 미나는 겁이 많아요. 나는 SF영화를 좋아하지만 미나하고는 잘 보지 못해요. 미나는 우리가 사는 지구의 크기에만도 겁에 질리는데 그것이 은하계라는 커다란 세계의 일부분이고 그 너머 우주에 그런 은하계가 셀 수 없을 만큼 많다는 사실이 너무나 두렵대요. 우주선이 별들 사이를 헤치며 막막한 은하계를 비행하는 만화영화까지 무서워하죠. 절대 없어지지 못하고 영원히 같은 궤도를 맴돌아야 하는 우주 미아 얘기를 들으면 눈물까지 흘려요. 사실 미나는 아파요. 병이 더 깊어지면 미나 얼굴은 달처럼 부풀 거예요. 면역체계의 이상이래요.

문 페이스(moon face)라면, 나는 생각했다. 그 병은 어떤 병균에든 감염되면 생명을 보장받지 못한다. 설령 영혼을 구원해주는 교회라고 해도 사람이 모여 있는 곳에는 가면 안 되는 병이다. 꼭 가야만 한다면 마스크를 써야 하는데, 아마 자기 결혼식에서까지 그래야 할지 모른다. 그런데도 그녀는 밀폐된 비행기를 탔고 한 해에 전 세계에서 일억이나 되는 사람들이 모여드는 도시를 버젓

이 여행하고 있는 것이다. 이해할 수 없는 일이었다.

그때 미나가 작은 목소리로 내게 말을 걸었다. 레인 캐슬 말인데요, 거짓말이 아녜요. 거기서 나를 본 게 맞아요? 아뇨, 보지 못했어요. 그럼 대체 뭐가 거짓말이 아니라는 거죠? 봤다는 말이 진짜인가요, 보지 않았다는 말이 진짜인가요. 거짓말이 아니라고 한다면, 뭐든 하나는 진짜여야 하겠죠. 안 그래요? 어쩔 수 없이 나는 약간 화가 나 있었다. 미나가 가까스로 대답했다. 저는 거짓말은 안 해요. 머뭇머뭇 말을 이어가면서 그녀는 수수깡 같은 손가락으로 탁자 위에 놓인 모자의 챙을 만졌다.

당신을 만난 적은 없어요. 그냥 그럴 거라고만 생각했어요. 당신이 레인 캐슬에 갔을 거라고. 처음 당신을 본 순간부터. 그걸 어떻게 알죠? 당신들은 그냥 아는 게 정말 많군요. 주머니 속에 머리핀이 한 주먹은 될 테고 말이죠. 왜 그런지는 우리도 몰라요. 미아 쪽에서 대답이 흘러나왔다. 죽을 정도로 심하게 앓고 난 사람에게 생기는 신통력 같은 거 아닐까요. 우린 아픈 사람을 쉽게 알아보죠. 그 말을 하는 동안 미아의 눈이 검은 안경테 뒤에서 날카롭게 나를 쏘아보았다. 이상하게도 나를 당황하게 만드는 눈빛이었다.

레인 캐슬에서는 모두 사라지는 연습을 해요. 미나가 입을 열었다.

우리는 사라지고 싶어했어요. 모두가 수련을 했죠. 몸은 거기 있지만 몸을 뺀 나머지 다른 것들은 다른 장소로 가는 거예요. 아무도 살지 않는 마을에 삶을 갖고 가서 자신이 꾼 꿈속에서처럼 살아가는 방법을 깨친 사람도 있었어요. 자기의 존재에서 벗어나는 거죠.

순간 내 머릿속에 수련생 주의사항이라는 문구가 떠올랐다. '수련중 체험하게 되는 현상은 수련의 과정이니 몸의 변화가 나타나면 당황하지 말고 더욱 수련에 정진하십시오.'

그럼 자기 존재에서 벗어나는 방법을 익히지 못한 사람들은 어떻게 하죠? 잠을 자요. 꿈속으로 가는 거예요. 자기의 존재를 느끼지 못하도록. 존재를 벗어버리지 못한다면 느끼지 않도록이라도 해야죠. 이해할 수 없군요. 나는 자꾸만 무거워지는 머리를 한 손으로 받쳤다. 벗어버리는 거나 느끼지 못하는 거나, 그게 그거 아닌가요? 무엇 때문에 그 사람들은 다른 곳으로 사라지려고 하는 거죠? 미나의 한 눈이 제대로 내게 초점을 맞추었다. 미나는 최대한 자신 없는 목소리로 대답했다. 우리는 다 그렇게 살고 있지 않나요. 존재란, 텅 비어 있잖아요.

미나의 목소리가 작아질수록 내 말투는 거칠어져가고 있었다. 당신도 노웨어맨을 알겠지요? 그 사람이 당신을 레인 캐슬로 이끌었을 테니까. 존재하지 않는 남자, 그는 우리를 위해 계획을 세우죠. 우리들, '노바디'를 위한 '아무것도 아닌' 계획. 그 사람이 교주라도 되나요? 미나가 내 말을 끊었다. 레인 캐슬에서 우린 모두 서로를 노웨어맨이라고 불렀어요. 당신은 아닌가요?

숨이 약간 가빠지는가 싶더니 두통이 내 머리를 찢기 시작했다. 경계하듯 미아가 검은 안경테 속에서 날카롭게 나를 보았다. 나는 미나를 노려보며 입 속으로 중얼거렸다. 당신 혹시 마리아라는 여자를 알아요? 미리암이라고도 하고 미라라고도 하죠. 다리에 구겨진 비닐로 덮인 것 같은 흉터가 있고 늘 초록색 원피스를 입어요. 그녀는 어느 꿈으로 갔죠? 어디 가면 만날 수 있어요? 한순간 눈앞이 흐려지면서 나는 나머지 말을 입밖에 내고 말았다. 그녀가 있는 꿈속으로 가는 방법을 알려줄 수 없어요? 교통편, 꿈속의 주소, 수련기술, 뭐라도 좋아요. 그녀를 만날 수만 있다면 악마든 누구든, 내 영혼이라도 가져가라고 해요!

두통이 너무나 심해졌으므로 나는 방으로 올라가야 했다.

오후가 되어서야 호텔을 나왔고 관광객들에게 휩쓸려 성당까지 올라가게 되었다.

성당의 첨탑은 높았다. 아치형 문이 있었고 어느 성당이나 그렇듯이 문마다 성서 이야기가 섬세하게 조각되어 있었다. 성당 안은 몹시 어두웠다. 외기는 차단되고 오직 신의 형상을 조합하는 스테인드글라스, 그리고 그것을 통과한 빛의 굴절만이 받아들여졌다.

관광객들은 그림과 조각과 십자가를 구경했다. 기도를 하기도 했다. 제단 아래에는 무덤이 있었다. 어떤 사람들은 무덤을 향해 허리를 깊이 구부리고 성호를 그었다. 나는 성당을 빠져나왔다.

호텔로 돌아오자마자 공항에 전화를 했다. 직항 노선이 없었으므로 돌아가는 항공편을 잡기가 꽤 복잡했다. 어쨌든 비행기는 이틀 후에나 탈 수 있는 모양이었다. 샤워까지 해버리고 나니 더이상은 할 일이 없었다. 저녁을 먹기에는 조금 이른 시각이었다. 의자에 앉아 담배를 피워물었다.

침대로 들어갔고 그리고 잠이 들었다.

IN MY LIFE

There are places I remember
All my life through some have changed
All these places have their moments
With lovers and friends I still can recall

그사이 창밖이 어두워져 있었다.

몸을 일으켜 침대 헤드에 등을 기댄 채 잠시 멍하니 앉아 있었다. 아무 소리도 들리지 않았다. 어둠에 눈이 익으면서 탁자와 옷장, 전화기 따위의 윤곽이 희미하게 드러났다. 저녁을 먹어야겠다고 생각했다. 전혀 식욕이 일지 않았으므로 서둘러 움직일 이유는 없었다. 나는 처마 밑에서 빗줄기를 쳐다보는 아이처럼 꼼짝 않고 어둠의 주사선 속에 몸을 담그고 앉아 있었다. 그렇게 반시간 정도가 흐른 것 같았다.

자리에서 일어나 불을 켰다. 먼저 의자 위에 걸쳐놓았던 바지를 입었다. 재킷은 옷장 안에 걸어놓았었다. 재킷을 꺼내다가 불현듯 나는 그 주머니 안으로 손을 집어넣었다. 허름한 셔츠의 남자에게 받았던 전단이 손에 잡혔다. 분명 쓰레기통을 찾아 버리지 않았던가? 다시 그것을 주머니에 집어넣은 뒤 구두를 신었다.

밤공기가 꽤 차가웠다.

어디에서나 흔히 보는 도시의 밤이었다.

택시를 잡아탔다. 전단을 꺼내 보여주자 택시 운전사는 자세히 보지도 않고 고개를 끄덕였다. 운전사가 나를 내려놓은 곳은 어둡고 좁은 길모퉁이였다.

조그만 네온 간판이 보였다. 그 앞에 남자 둘이 서 있었다. 나는 그중 한 남자의 얼굴을 금방 알아보았다. 전단을 나눠주던 남자였다. 허름한 셔츠 위에 검은 가죽점퍼를 걸친 남자는 낮에 보았을 때의 처량한 모습은 간데없고 어쩐지 거친 인상을 풍겼다.

극장은 지하에 있었다. 나는 가죽점퍼의 남자를 따라 어두운 계단을 내려갔다. 계단이 끝나자 좁은 복도가 나왔다. 손님으로 보이는 남자들이 작은 목소리로 얘기를 나누고 있었다. 벽에 붙은 긴 의자에 앉아 맥주병을 하나씩 든 남자들에게서는 땀냄새에 섞인 심한 노린내가 났다.

어디선가 희미하게 차임이 울렸다. 시작 시간이었다. 남자들과 나는 안으로 들어갔다. 극장 안은 어두웠고 연기가 자욱했다. 믿을 수 없게도 그 안에는 사람들로 가득 차 있었다. 그들은 한결같이 숨을 죽이고 있었다. 나는 더듬거리며 입구 가까운 쪽에 아무

자리나 가 앉았다. 시골 극장 같은 낡은 무대 중앙에 희미한 불이 켜져 있었다. 커튼이 움찔거리며 천천히 올라갔다.

무대는 초라했다. 한가운데에 나무의자가 하나 놓여 있을 뿐 아무런 무대장치도 없었다. 전반적으로 어두웠고 조명이라고는 나무의자를 비추는 백열등 하나뿐이었다.

판타지 쇼에 오신 걸 환영합니다. 무대 뒤에서 사회자의 목소리가 들려왔다. 목소리는 낮고 음울했다. 쇼가 아니라 인민재판에나 어울릴 것 같은 목소리였다. 느린 음악이 흘러나오기 시작했다. 유랑극단의 낡은 스피커에서 나오는 소리처럼 유장하고 단조로운 음악이었다.

오늘 밤의 요정을 소개합니다. 자, 나오세요, 밤의 요정! 사회자는 갈라지는 목소리로 출연자를 소개했다. 검은 벽 쪽에서 여자가 천천히 걸어나왔다. 여자는 아주 키가 컸다. 굽 높은 검은색 통굽 구두를 신고 검은 스타킹을 신었는데, 어둠 속에서 언뜻 보기에는 다리가 없이 걸어오는 것 같았다. 겉옷은 입지 않았다. 앞에서 끈으로 묶게 돼 있는 검은 레이스 브래지어뿐이었다. 아랫도리역시 끈으로 엮인 검은 레이스 팬티 위에 반투명한 천을 걸쳤다. 여자의 다리는 너무나 길어서 불균형하고 기괴해 보였다. 허리까지 내려와 출렁거리는 금발은 싸구려 가발처럼 뻣뻣했다. 얼굴에는 가면을 쓰고 있었다. 가면의 눈은 치켜올라가고 뺨에는 번개 모양의 줄이 쳐졌으며 이마에 호랑이의 눈 같은 인조보석이 번쩍였다.

여자는 음악에 맞춰 몸을 비틀며 춤추기 시작했다.

객석에서 야유하는 소리가 들리기 시작했다. 그들은 더욱 자극적인 걸 원했다.

갑자기 여자가 춤 동작을 멈추고 객석을 내려다보았다. 백열등 조명이 다가가서 여자의 가면을 가까이 비췄다. 여자는 무대를 내려오더니 야유를 했던 한 남자 앞에 가서 섰다.

키가 너무 큰데다 검은 브래지어와 스타킹만으로 감싸인 여자의 모습은 공포심을 줄 정도로 기괴했다. 남자는 여자를 당황한 눈으로 쳐다보았다. 여자는 공격적으로 한발 다가서더니 남자의 얼굴 가까이에 가슴을 밀어붙였다. 객석은 긴장되었다.

그때 사회자의 쉰 듯한 목소리가 들려왔다. 멋진 신사분! 오늘 밤의 요정은 당신을 선택했군요. 어서 미셸의 옷을 벗겨주세요. 그제야 남자는 얼떨떨한 표정으로 그녀가 한껏 내민 가슴을 더듬더듬 만져서 브래지어의 끈을 풀어주었다. 관객들이 박수를 쳤다. 젖가슴을 출렁이며 여자는 다시 무대로 올라갔다. 조명이 여자를 뒤따라갔다. 여자의 걷는 속도에 비해 형편없이 느린 그 조명이 객석을 천천히 스쳐 지나갈 때 나는 그 불빛 아래에서 미나와 미아의 얼굴을 발견했다.

돌발상황을 알리려는 듯 갑자기 무대 뒤에서 귀청을 찢는 듯한 날카로운 음악이 터져나왔다. 조명이 재빨리 무대 반대편으로 이동했다. 거기에는 다른 여자가 걸어나오고 있었다. 여자는 첫번째 여자가 나타날 때와 똑같은 옷차림을 하고 있었다. 검은 팬티와 브래지어, 검은 스타킹. 로봇처럼 뻣뻣한 걸음에다 키가 크고 가면을 쓰고 있는 것도 똑같았다. 다시 한번 무대가 흔들리는 듯한 날카로운 소리가 들렸다. 또 여자가 나타났다. 역시 검은 옷, 검은 스타킹, 그리고 가면. 그리고 다시 날카로운 소리가 나면서 네번째 여자가 등장했다.

밤의 그림자 같은 여자들의 모습은 음산하고 불길했다.

쇼는 끝났다. 희미한 극장 천장의 불이 모두 켜졌다. 손님들은 불평을 늘어놓으며 하나둘 의자에서 일어났다.

미아와 미나가 앉아 있던 곳을 둘러보았지만 그곳에는 미아 혼자뿐이었다. 미나는 어디로 갔는지 보이지 않았다.

복도가 조용해질 때를 기다려 나는 자리에서 일어났다. 아무도 없었다. 좁고 긴 복도는 퀴퀴한 냄새와 함께 기묘한 정적이 느껴졌다. 복도 끝에서 검은 스타킹의 여자가 걸어오는 것이 보였다. 첫번째 여자인지 두번째인지, 아니면 세번째, 네번째 여자인지는 알 길이 없었다. 여자는 아직도 가면을 쓰고 있었다.

내 곁을 스쳐 지나가려던 여자는 뭔가에 놀란 듯 멈칫, 걸음을 멈췄다. 나는 가면 속 여자의 눈을 쳐다보았다. 가면 뒤에서 여자의 눈도 나를 똑바로 바라보았다. 숨소리가 가늘게 들려왔다. 나는 순간적으로 가면을 향해 팔을 뻗었다. 가면이 조금 들춰진 것은 순식간의 일이었다. 여자는 내 손을 뿌리치고 반사적으로 가면을 붙잡으며 낮은 신음을 냈다. 그 입술이 얇고 붉었다. 가면을 붙잡은 손가락은 너무 가늘어서 버드나무의 샛가지 같았다.

밤거리로 나왔다. 극장에서 쏟아져나온 사람들은 아직도 거리에 있었다. 모두들 어딘가 한 방향을 향해 걷는 것 같았다. 나도 그들을 뒤따라갔다. 음악소리가 들리기 시작했다. 유혹적이고 앙칼진 음률이 반복되었다. 사람들의 걸음은 점점 빨라졌다. 마치 스피커를 손바닥으로 막고 있다가 떼어낸 듯 갑자기 음악소리가 커졌다.

광장이 나타났고 거기에는 밤에만 개장되는 듯한 놀이시설이 펼쳐져 있었다. 나는 입구에 멍하니 섰다. 앞서 걷던 사람들은 모두 어디로 사라져버렸는지 내 곁에는 아무도 없었다. 수없이 많은 불빛을 매달고 돌아가는 회전목마가 있을 뿐이었다. 발길을 끌어당겼던 아코디언 음악도 바로 거기에서 흘러나오고 있었다.

나는 회전목마에 한발 가까이 갔다. 회전목마는 아주 느리게 돌아가고 있었다. 붉은 말과 흰 말, 금색과 은색의 안장, 별 모양으로 반짝이는 박차, 아름다운 갈기와 커다란 검은 눈. 화려한 모양의 말들은 올라갔다 내려갔다 하면서 원을 그렸다. 기둥과 벽에 촘촘하게 박혀 있는 꼬마전구는 순번에 의해 꺼졌다 켜졌다 반복하며 나를 시간의 명멸 속으로 빠뜨렸다.

기둥의 벽에는 쪽거울이 끝없이 늘어서 있었다. 그것들은 수백 대의 삼면경을 병풍처럼 둘러쳐놓은 듯이 벽에 붙어서 화려한 불빛과 현란한 말의 움직임을 반사시켰다.

처음에 회전목마는 텅 비어 혼자 돌고 있는 것처럼 보였다. 그러나 한 바퀴 돌 때마다 말에 올라탄 사람의 모습이 하나둘 나타나기 시작했다. 그들은 하나같이 소리도 내지 않고 입이 찢어져라 웃고 있었다. 세 바퀴쯤 돌았을 때 나는 맨 구석의 붉은 말에 올라탄 여자를 보았다. 그녀의 얼굴은 그림자가 져서 뚜렷이 보이지 않았다. 나는 원주를 따라 돌아가고 있는 거울 속에서 그녀의 얼굴을 찾으려 했다. 말 위에서 그녀의 몸이 올라갔다 내려갔다 할 때마다 거울 속에 그녀의 얼굴이 비쳤다 사라졌다 했다. 거울은 그녀의 얼굴이 상을 맺는 순간을 포착해내지 못하고 있었다.

나는 회전목마를 따라 뛰기 시작했다. 붉은 말을 따라가야만 했다. 거기에 그녀가 타고 있었던 것이다. 나는 회전목마보다도, 어쩌면 바람보다도 빨리 뛰었다. 궤도를 이탈할 수 있을 만큼 빠른 속도였다. 얼마 안 가 내 몸은 공기의 저항을 견디지 못해 산산이 깨어지고 말 것이다. 그러나 그 파멸의 속도에 이르기 직전에 나는 바닥에 쓰러져버렸다. 나와 함께 돌던 회전목마는 갑자기 속도를 높였다. 맹렬한 기세였다. 이윽고 추진력을 획득한 그것은 바람개비처럼 밤하늘로 날아갔다.

땅바닥에 엎드린 채 나는 날아가는 회전목마를 물끄러미 쳐다보았다.

그날 밤 꿈은 더이상 기억나지 않는다.

진에게 전화를 걸었던 것만은 기억할 수 있다. 거기는 지금 몇시쯤 됐어? 진이 물었다. 밤. 그래? 여긴 아침인데, 재미 좋아? 응. 가면을 쓴 검은 옷의 여자를 봤어. 너무 졸음이 쏟아져 나는 통화를 계속하기가 어려웠다. 눈을 감고 중얼거리듯 말했다. 물어볼 게 있어. 뭔데? 우리는 왜 친했지? 그야 하품하는 쌍둥이니까. 또 살인범이고? 무슨 잠꼬대야? 우리가 새로운 살인을 모의하는 놈들이라고 말했잖아. 아, 그거? 진의 목소리는 덤덤했다. 별뜻 아냐. 몰랐어? 그냥 노래가사라구. 나는 침대 머리에 기댄 몸이 점점 아래로 미끄러져내리는 것을 느꼈다. 그리고 말야, 내가 죽는 꿈을 꾸었어. 아무리 찾아도 발밑에 브레이크가 없는 거야. 진이 대꾸했다. 자기가 죽는 꿈은 좋은 꿈이야. 넌 오래 살 거야.

―그런 게 아냐.

내 목소리는 점점 잦아들고 있었다.

—진짜 죽은 거라구…… 차가 멈추지 않아…… 근데 죽은 다음에도 나는 계속 나야…… 끝나지 않는다는 거야…… 너무 지겨운 일 아니냐구.

전화기가 손에서 미끄러지는 것 같았고 나는 잠 속으로 빠져들었다.

WAIT

Wait till I come back to your side
We' ll forget the tears we've cried

빨리요, 빨리. 미아는 서둘렀다. 땀 때문에 도수 높은 검은 테 안경이 자꾸 흘러내렸다. 미아는 안경을 올릴 여유조차 없는지 그것을 콧방울에 걸친 채 걸음만 재촉했다. 내가 의사란 건 어떻게 알았죠? 미나가 말해서요. 당신을 불러달랬어요. 나는 전혀 납득할 수 없었다. 그녀는 또 내가 의사라는 것을 어떻게 알았다는 걸까.

미아는 자세한 상황을 설명하지 않았다. 내가 알 수 있는 것은 미나가 실신해 있다는 것뿐이었다. 미아의 말대로 위급한 상황이라면 전직 안과 레지던트일 뿐인 내가 그다지 도움이 될 것 같지 않았다. 미아가 내 방에 왔을 때 나는 당연히 그 말부터 했다. 병원을 알아봐달라고 프런트에 얘기하는 게 좋겠어요. 그러나 미아는 막무가내였고 생긴 그대로 고집이 셌다. 무슨 전화가 계속 통화중이더라구요. 미나는 내 침대 옆에 대롱거리고 있는 수화기를 제자리에 올려놓으며 투덜댔다.

개는 비행기 안에서부터 당신이 의사일 거라고 그랬어요. 지겹도록 병원에 드나든 사람의 직감인지도 모르죠. 하긴 내 눈에도 불친절하고 거만해서 의사같이 보이긴 하더라구요. 미아는 아무 근거도 없이 나와, 그리고 의사를 한꺼번에 비난하고 있었다. 그것은 환자 가족의 공통점이기도 했다. 그러니까, 내가 지금도 의사라면 그렇게 생각했을 거라는 뜻이다.

미나는 죽은 듯이 침대에 누워 있었다. 모자는 쓰고 있지 않았다. 깨어 있었지만 이마를 찡그릴 뿐 눈은 뜨지 않았다.

빨리 집으로 돌아가는 게 좋겠어요. 내 말에 미아가 대답했다. 비행기는 내일 있을 거예요. 당신이 미나와 함께 가야 해요. 나는 미아를 똑바로 바라보았다. 그녀들에게 도움이 필요하다는 건 알 수 있었지만 도움을 청하는 방식치고는 너무나 무례한데다 사무적이었던 것이다. 미아가 더욱 사무적인 말씨로 덧붙였다. 당신은 어차피 내일 가게 돼 있었으니 부탁할 필요까지는 없겠죠. 마치 내가 공항에 전화해서 항공편을 알아본 것까지 알고 있다는 듯한 말투였다. 당신은 가지 않나요? 내 물음에 미아는 그렇다고 대답했다. 이해할 수 없었지만 더이상 물었다가는 나에 대해 또 뭘 더

파악하고 있는지 알게 될까봐 께름칙해 입을 다물었다. 미아는 만나볼 사람이 있다면서 이내 방을 나갔다.

욕실에서 수건을 가져다가 얼음 몇 개를 싸서 이마에 얹어주자 미나는 나를 향해 빙긋 웃었다. 그러고는 잠이 들었다. 그녀는 온종일 잠을 잤다. 그녀가 잠든 동안 나는 내 방으로 돌아가 샤워를 하고 면도를 하고 창밖을 삼십 분쯤 내려다보다가 공항으로 전화를 걸었다. 비행기는 다음날 오전에 있었다. 해가 기울 무렵 미나가 잠깐 눈을 떴을 때 나는 예약한 항공편의 출발 시각을 알려주었다. 들었는지 못 들었는지 그녀의 한 눈은 허공 쪽에, 그리고 다른 한 눈은 내 얼굴로 향한 채 한참 동안 잠자코 멈춰 있었다.

미나는 자기 이야기를 들어줄 수 있냐고 물었다. 나는 상관없다고 대답했다.

미나가 들려주는 미아의 이야기

미아와 저는 어릴 때 발레학원에서 만났어요. 미아는 그 학원에서 가장 예쁘고 가장 춤을 잘 추는 소녀였죠. 우리는 함께 책을 읽고 함께 사과를 먹고, 늘 함께 붙어다녔어요. 지나가는 사람들은 우리를 뒤돌아보며 너희들 쌍둥이니? 하고 묻곤 했죠. 그때마다 우리는 마주 보며 까르륵 웃었어요. 잘 웃는 소녀들이었거든요. 미아 아버지는 미술대학의 교수였어요. 아버지의 서재에는 화집과 도록들이 아주 많았죠. 우리는 아름다운 그림과 그림 속에 있는 아름다운 여인들의 포즈를 보며 넋을 잃었어요. 그림이나 조각품 중에서 마음에 드는 포즈를 발견하면 흉내를 내보곤 했어요. 처음에는 성모 마리아나 여신들의 포즈를 좋아했죠. 화살통을 등에 멘 다이아나 여신이 사냥개를 향해 오른팔을 드는 모습, 비스듬히 선 채로 한쪽 다리를 타월로 감싼 목욕하는 비너스…… 우리는 큰 거울을 갖다놓고 몇 시간이고 그 앞에서 아름다운 포즈를 연습하곤 했어요. 미아의 어머니가 사과 접시를 갖고 들어오면서 춤추는 우리를 보고, 너희들 정말 천사 같구나! 하며 감탄했지요.

그날도 우리는 미아 아버지의 서재에서 놀고 있었어요. 해질녘이었는데 어른들은 모두 나가고 아무도 없었죠. 더운 날이라서 우리는 장난 삼아 옷을 거의 다 벗었어요. 그리고 다른 날처럼 도록과 화집을 들춰보며 거울 앞에서 춤을 연습하다가 우연히 책장 구석에서 표지가 떨어져나간 낡은 책 한 권을 발견한 거예요. 그것은 너무 깊숙이 놓여 있어 마치 숨겨놓은 책 같았죠. 미아와 나는 호기심을 느끼고 그것을 읽기 시작했어요. 그것은 밤에 바닷가를 거닐었던 가난한 소년의 이야기였어요.

소년은 낯선 밤바다를 거닐고 있었죠. 모래밭에서 무언가가 반짝거려요. 소년은 허리를 숙여 그것을 주웠어요. 은화였지요. 은화를 주머니에 집어넣은 소년은 다시 걷기 시작했어요. 한참을 걷다가 소년은 걸음을 멈춰요. 밤 해변을 따라 은성한 시장이 바닷가에 솟아나 있는 거예요. 끝이 보이지 않는 길고 긴 천막시장. 불빛은 휘황하고 상인들은 모두 화려한 옷에 많은 장신구를 걸치고 있죠. 아주 부유한 바닷가 도시임에 틀림없었어요. 그러나 물건을 사는 사람은 하나도 보이지 않아요. 소년이 걸음을 옮길 때마다 상인들은 저마다 소년의 소매를 붙잡고 눈앞에 물건을 들이밀며 사달라고 아우성이고요. 뒤따라오면서까지 간곡히 사정을 하는 거예요.

슬픈 눈을 가진 옷감장수 하나는 눈물을 흘리며 이렇게 말하죠. 우리 도시는 저주를 받아 하루아침에 사라졌어요. 천 년에 단 한 번씩만 되살아나지요. 그때에 지나가던 낯선 사람이 물건을 사줘야만 구원을 받을 수 있답니다. 동전 한 닢을 내도 좋아요. 제발 물건을 사주세요. 그러나 소년은 동전 한 닢조차 갖지 못한 가난한 소년이었어요. 천 년에 한 번 지나가는 단 하나의 행인이 가난한 자신이라는 사실이 안타깝지만 어쩔 수 없는 일이었죠.

옷감장수는 포기하지 않았어요. 당신은 물건을 살 수 있어요. 부탁이에요. 옷감을 사주세요. 저는 가난해서 돈이 없다니까요. 그러나 옷감장수는 이리저리 피하는 소년을 따라다니며 자신의 눈물로 얼룩진 화려한 비단 필목을 눈앞에 바짝 들이밀 뿐이었죠. 옷감장수가 너무나 끈질겼기 때문에 소년은 당황하기 시작했어요. 당황은 점점 두려움으로 바뀌었고요. 겁이 난 소년은 저주를 퍼붓듯 중얼거리고야 말았죠. 이놈의 도시, 영원히 사라져버려라! 그 순간 거짓말처럼 화려한 도시는 눈앞에서 사라져버려요. 불빛도 천막들도 옷감장수의 눈물도 없어요. 막막하고 검은 밤바다의 끝없는 모래밭과 파도소리뿐이에요. 그때서야 소년은 자신의 주머니 안에 있는 은화를 떠올렸어요. 주머니 안을 뒤져보니 은화가 나왔어요. 은화는 소년의 손 안에서 차갑고 날카롭게 반짝였죠.

우리가 그 책을 읽는 동안 어느새 어둠이 우리 주위에 가깝게 다가와 있었어요. 우리는 이상한 느낌을 느꼈죠. 그것은 설명할 수 없는 두려움이었어요. 꼼짝도 할 수 없었어요. 어떻게 말해야 할까요. 마치 땅거미가 질 때 갑자기 소리없이 열리는 대문이나, 한낮에 혼자 집에 있을 때 마당에 드리워지는 검은 그림자 같다고나 할까요. 우리의 벗은 몸은 몹시 떨렸어요. 우리는 서로 껴안았고 뺨과 입술을 댔어요. 그리고 점점 더 깊이 서로에게 파고들었죠. 마치 두 그루의 등나무가 엉키듯 서로의 몸을 깊숙이 맞대고 입술과 뺨과 모든 것을 서로에게 주었으며 또 의지했어요.

그날 이후 우리는 달라졌어요. 그전처럼 잘 웃지 않았어요. 여전히 함께 화집을 보았지만 아름다움을 느낄 수도 없었어요. 미아는 이런 말도 했어요. 아름다움이란 다 거짓이라고요.

언젠가 제가 미아에게 말했어요. 잠자는 숲 속의 공주를 오랜 잠에서 구해낸 왕자처럼 진실한 사랑을 품은 사람이 바닷가 도시를 구해낼 거라고요. 미아는 그렇게 생각하지 않았지요. 바닷가 도시는 영원히 마법에서 풀리지 못하고 소년은 영원히 은화를 제 주머니 안에 쥐고 있다는 거예요. 그 일은 끝나지 않고 되풀이된대요. 그 말이 너무 슬퍼서 저는 울음을 터뜨렸어요.

미아는 발레학원을 그만두었고, 나의 첫 생리가 시작되던 그날 먼 곳으로 이사가버렸죠. 그다지 서운하지는 않았어요. 그러나 어둠이 내릴 때 혼자 있는 순간이라든지 낯선 곳에서 불현듯 노을을 바라볼 때, 한밤중에 깨어 이곳이 어딘지 어리둥절할 때면 나는 그애가 그리워 침대 안에서 몸을 뒤척였죠. 눈을 다친 것도 그 무렵이에요. 학교에서 돌아오는 길에 그냥 어디선가 돌이 날아오는 소리를 들은 듯싶었는데, 그 다음 순간부터 왼쪽 눈은 영영 아무것도 볼 수가 없었어요. 미아는 모습이 많이 변했어요. 뭔가를 미워하기 시작하면 그렇게 되는 거라고 하더군요.

저녁 무렵 미아가 호텔로 돌아왔다. 그녀는 지쳐 보였다. 미나가 잠들어 있는 걸 물끄러미 내려다보더니 미아가 말했다. 조금 긴 얘기인데 들어줄래요? 나는 상관없다고 대답했다.

미아가 들려주는 미나의 이야기

미나는 잘 다쳐요. 갑자기 다치는 거예요. 편지함을 열다가 모서리에 손을 다치고, 뜨거운 물이 쏟아지면 반드시 미나의 팔로 튀어요. 기대놓았던 자전거가 갑자기 넘어져 발가락을 다친 적도 있고요. 종이에 손가락을 베는 일은 몹시 흔해요. 그리고 또 감염이 잘 된다고나 할까요. 무엇에든지 쉽게 물들었어요. 어린 시절 미나와 나는 좀 달랐죠. 나는 깡마르고 창백한 편이었는데 미나는 뺨이 붉고 꿈꾸는 듯한 눈을 가진 귀여운 소녀였어요.

어느 날 미나는 혼자 우리 아버지 서재에서 나를 기다리고 있었어요. 저녁 무렵이었고 집 안에는 식구들이 없었죠. 나는 미나를 위해 부엌에서 사과를 깎고 있었어요. 나는 아버지가 집으로 들어오는 소리를 듣지 못했어요. 아버지는 서재에 들어갔다가 혼자 날개를 펼친 듯 춤추고 있는 미나를 보았죠. 미나가 연습하던 포즈는 프시케 상이었어요. 아버지는 감탄했어요. 미나야, 넌 정말 작은 요정 같구나. 미나는 아름다운 날개를 자랑하듯 두 팔을 쳐들고 기쁘게 아버지를 올려다보았어요.

아버지는 미나를 껴안았고 자신의 입술을 미나의 뺨과 입술에 비볐어요. 그러고는 미나의 속옷을 벗긴 뒤 몸 속으로 들어갔는데, 미나는 아버지의 등뒤에 있는 창문이 점점 어두워지는 것을 물끄러미 보고 있었어요. 다음날 미나는 내게 말했어요. 그렇게 무서운 어둠은 처음이야. 검은 물웅덩이 속에 잠긴 것 같았어. 우리는 곧 이사를 갔죠.

미나를 다시 만난 건 몇 년 전이에요. 미나가 약물 치료를 시작하던 시기였죠. 저를 보자 미나가 말했어요. 언제나 너를 만나는 꿈을 꾸었어. 꿈속에서 너는 나와 늘 똑같은 모습이었어. 날개가 달린 발레옷을 입고 있었거든.

많은 사람은 사랑이 있다고 믿지요. 나는 그렇게 생각하지 않아요. 사랑이란 불가능한 일이에요. 그것은 부자가 되는 것과 비슷한 욕망의 원칙 속에 있어요. 어떤 사람이 일 킬로그램의 금을 가진 부자가 되기를 원한다고 해봐요. 그것은 가능해요. 그러나 일 킬로그램의 금을 얻은 사람은 자신이 부자라고 생각하지 않을 거예요. 그가 원하는 금의 양은 한계가 없이 계속 늘어나요. 그러므로 그가 부자가 되는 일은 불가능하죠.

사랑을 믿지 않을 때는 사랑이 가능해요. 왜냐하면 그 단계에서는 일 킬로그램 정도의 사랑을 원하니까요. 그러나 일 킬로그램을 얻은 다음의 갈망은 더욱 강렬해져요. 사랑에 빠진 사람이라면 오직 하나이고 또 영원한 사랑까지를 원하기 마련이죠. 그때부터 사랑이 불가능해지는 것이구요.

사랑이 있다고 믿는 순간 사랑이 사라져요. 진심으로 사랑을 원하는 순간부터 사랑은 불가능해지듯이. 미나를 다시 만나기 전까지는 그렇게 생각했어요. 하지만 미나를 만나자마자 나는 미나를 사랑하게 되었어요. 이유 따위는 없어요. 그때부터 나는 불가능한 줄 알지만 끊임없이 열망하고, 그렇게 해서 예정된 파탄에 이르도록 되어 있는 것이 사랑이란 걸 알게 되었어요.

우리는 미술관과 박물관에 많이 다녔어요. 나는 실레를 좋아해요. 그가 그려낸 공허하고 부패한 육체들의 고통에서 위로를 얻었어요. 그의 그림 속에 자위하고 있는 소녀들은 입술과 젖꼭지를 붉게 치장했지만 육체의 불안과 허망함, 권태를 피할 수는 없죠. 자위를 하면 시력을 잃게 되고 결국 나쁜 병에 걸려 죽는다고 말하는 타락한 어른들은 거짓말쟁이니까요. 미나는 실레를 좋아하지 않아요.

미나가 좋아하는 것은 날개 달린 에로스의 키스를 받아들이고 있는 프시케 상이에요. 에로스는 한쪽 팔로 프시케의 젖가슴을 감싸안고 다른 한 손으로 그녀의 머리를 껴안지요. 허벅지에 비스듬히 베일을 걸치고 누운 프시케는 날아오르는 듯한 자세로 에로스를 향해 두 팔을 모으고 있구요. 그것을 보면 세상에 환희가 존재한다는 걸 믿게 된대요. 나는 고통을 찾아내고, 미나는 환희를 찾아내요. 두 가지 다, 어쨌거나 살아가고 있다는 뜻일 테죠.

나는 미나가 옷자락이 긴 새틴 잠옷을 입는 걸 좋아해요. 이따금 미나는 나를 위해 포즈를 취해주죠. 왼손으로 테이블을 짚고 비스듬히 침대에 걸터앉아서 오른팔을 왼쪽 가슴에 대고는 고개를 돌린 채 나를 쳐다보면 나는 숨이 막힐 것만 같아요. 달빛이 희미하게 방 안으로 비쳐들어 미나의 흰 옷깃을 타고 흘러내릴 때 말이죠. 그것은 미나가 가장 좋아하는 〈버림받은 프시케〉 상이에요. 잃어버린 에로스를 되찾기 위해 세상 끝까지 헤매며 무서운 시험을 치를 때의 모습이래요. 마침내 프시케는 제우스가 주는 신(神)의 잔을 마시고 영원히 죽지 않는 사랑을 얻게 돼요. 미나는 제게 부탁했어요. 만약 자기를 관에 넣을 거라면 〈버림받은 프시케〉 포즈로 넣어달라고 말이죠.

미나는 점점 시력을 잃어가고 있어요. 미나는 잘 다쳐요. 골목 끝에 숨어 있던 나쁜 돌멩이가 눈 속으로 던져졌듯이 어디에서 또 갑자기 돌멩이가 날아올지 몰라요. 왜 그런지 모르겠어요.

말을 마치고 미아는 잠든 미나 곁으로 다가갔다. 한참 동안 얼굴을 내려다보더니 침대에 들어가 그 곁에 누웠다. 미나와 미아의 얼굴은 실레의 〈나의 영혼〉처럼 서로 다르면서도 비슷했다.

미아가 불을 꺼달라고 말했으므로 나는 방을 나갔다. 내 방으로 돌아가 가방을 꾸려놓은 다음 카운터에서 미리 숙박료를 계산했다. 그리고 술집을 찾아 밖으로 나갔다. 술집은 호텔 옆의 골목 안에 있었다.

작은 술집이었다. 금발과 갈색 머리의 남자 셋이 유쾌하게 애기를 나누는 모습이 눈에 들어왔다. 구석자리에 나이를 짐작할 수 없는 남녀가 취한 채 서로를 노려보고 있기도 했다. 나는 바에 앉아 흑맥주를 주문했다.

길고 날렵한 유리잔에 담긴 흑맥주를 나는 단숨에 들이켰다. 두번째 잔을 주문하자 짙은 화장에 눈가가 유난히 거무스레한 여주인은 컬컬한 목소리로 뭔지 모를 농담을 던졌다. 소매 없는 붉은 드레스 가득히 터질 듯이 살이 비어져나왔다. 나에게 줄 맥주를 가지러 가는 그녀의 뒷모습은 뒤뚱거렸다. 붉은 드레스의 스팽글이 조명을 받아 반짝이는 게 마치 인공연못 안에서 사료로 잔뜩 살을 찌운 비단잉어의 비늘이 움직이는 것 같았다.

여주인에게도 흑맥주 한 잔을 권했다. 여주인은 걸쭉하게 웃더니 내게 거무스레한 시선을 꽂은 채 조금 전의 나처럼 단숨에 잔을 비웠다. 기분 좋은 일이라도 있는 모양이었다. 혹은 매상이 형편없어 히스테릭해져 있는 건지도 모른다.

취한 목소리로 내가 여주인에게 물었다. 회전목마가 있는 놀이공원을 알아요? 여주인은 담배연기를 높이 내뿜으며 껄껄 웃을 뿐이었다. 쇼를 하는 지하 극장에서 가까운데, 모르겠어요? 여주인이 견딜 수 없다는 듯 껄껄대면서 어깨를 들먹이며 새 담배에 불을 붙였다. 내 목소리는 점점 높아졌다. 이봐요, 나는 의사예요.

당신은 간이 나쁘고 천식도 있어요. 나는 회전목마를 찾고 있단 말이오. 설마 회전목마가 꿈속에만 있다고 말하려는 건 아니겠지? 그러면 당신 목을 비틀어버릴 거야. 여주인과 나는 질세라 술을 마셔대며 계속 한쪽은 웃고 한쪽은 소리쳤다. 여주인이 생맥주 탭을 기울여 새로 술을 따라왔다. 너는 뚱보에다 냄새도 심하고 못생겼어. 웃지 말고 뭐라고 말 좀 해보란 말야. 그래도 여주인은 탁한 소리로 웃어젖히기만 했다. 나는 땀을 흘리고 있었다. 갑자기 여주인이 웃음을 뚝 그치고 익숙한 한국말로, 조용히 못해, 이 새끼야! 할 것만 같았다. 사실은 그런 일이라도 생겨서 실컷 얻어맞기를 간절히 원했는지도 모른다.

누군가 필요해. 하지만 아무라도 좋다는 건 아냐.[8] 진이 곁에 있었다면 그렇게 노래해주었을 것이다.

진. 나는 진을 불렀다. 진, 나는 생각했었어. 실레 화집과 『성』만 싣고 프라하로 출발하는 날, 기숙사 창문 밑으로 가서 경적을 울릴 거라고. 빠뜨린 물건이 있어서 싣고 가려고 왔는데, 진, 그게 너야! 오, 인생은 그런 것, 오블라디 오블라다─너는 비틀스의 노래를 부르며 조수석으로 슬라이딩해 들어오기로 되어 있었지. 진, 난 꿈을 꾸었어. 내가 찾는 것을 절대로 찾을 수 없는 꿈. 나는 브레이크도 찾지 못했어. 성벽에 부딪쳐 내 몸통은 깨져버렸어. 모든 일은 반복되니까. 기억이 다 지워진 테이프 같은 어린 날까지도. 오, 인생은 그런 것!

나는 정신을 잃었다.

깨어보니 더러운 침대 위였고 옆에는 비늘을 홀랑 벗겨낸 살찐 잉어가 벌거벗은 채 잠들어 있었다. 주머니 안에 든 여권과 지갑을 확인한 뒤 나는 그대로 공항으로 갔다.

출발 시각은 많이 남지 않았다. 미나는 공항에 나타나지 않았다. 모든 것이 내 짐작대로였다.

기내 스크린 안에서는 젊은 남녀가 다리 난간에 기대서 뜨거운 키스를 나누고 있었다.

등받이에 등을 대고 눈을 감았지만 잠은 쉽게 오지 않았다.

이어폰을 끼고 음악을 듣는 것은 처음 해보는 일이었다. 생각처럼 귓구멍이 간지럽거나 거북하지는 않았다. 그렇게 시간이 한참 지나갔다. 무슨 노래인지 모르기 때문에 몇 곡이 흘러갔는지도 모른다. 음악을 듣는다는 것은 곡을 감상한다기보다 단지 바깥과 차단된 나 혼자의 시간을 확보하는 일이 되기도 했다. 여럿 속에서 혼자가 되는 방법이랄까. 나는 그럭저럭 마음의 평화를 되찾았다.

그 평화는 아는 노래가 나오는 순간 깨어졌다.

환상의 벽 뒤에 자기 자신을 숨기는 사람들은 절대 진실을 알아차리지 못해요. 너무 늦어버리는 거죠. 죽고 난 뒤에는 말예요. 삶은 계속 흘러갑니다. 당신의 안에서, 그리고 당신의 밖에서.[9]

노래가 끝나자 나는 프라하의 호텔과 내 가방, 그리고 가방 속
에 든 『성』에 대해 생각했다.

IF I NEEDED SOMEONE

Carve your number on my wall
And maybe you will get a call from me

진이 죽었다. 믿을 수 있겠는가 말이다. 그러나 사실이다.

돌아온 다음날 나는 오전 내내 잠만 잤고 간간이 악몽을 꾸었다. 눈을 뜨자 곧바로 뭔가 먹어야겠다는 생각이 들었다. 냉장고 안에는 먹다 남은 생수 한 통도 들어 있지 않았다. 할 수 없이 대충 몸을 씻고 아래층 피자집으로 내려갔다.

피자를 먹는 내내 나는 공중전화부스에 시선을 주고 있었다. 뭔가 할 일이 있었던 것 같은데— 한참 뒤에 겨우 생각해낸 것이 시디 플레이어였다. 전화부스 안에 들어가서 오디오가게에 전화를 걸었다. 주인은 기가 막힌다는 듯이 말했다. 나도 빨리 매듭을 짓고 싶어요. 근데 대체 사람이 언제 집에 있는지 알아야 배달을 하죠. 하도 퉁명스러웠으므로 나는 현관 키의 비밀번호를 가르쳐

주었다. 물건을 받은 뒤 비밀번호를 새로 바꾸면 그만이다. 전화
부스를 나오려다 말고 나는 되돌아가 다시 전화기를 들었다. 바닷
가 도시의 보건소 번호를 눌렀다. 보건소 직원이 말해주기를 진은
죽었다는 것이었다.

진은 내가 비행기 안에서 자고 있을 때 자동차 사고로 죽었다.

오늘이 발인인데, 모르셨어요? 직원은 의아하다기보다 차라리
의심스럽다는 말투였다. 진에게 전화를 걸 때마다 연결해주곤 하
던 여직원이었다.

나는 입 속으로 계단을 하나씩 세며 천천히 2층으로 올라왔다.
기계적으로 비밀번호를 눌러 현관문을 열고 들어온 다음에는 방
한가운데에 우두커니 서 있었다. 마침 탁자 구석에 놓인 전화기가
눈에 들어왔다. 참, 나한테도 전화가 있었지. 마치 할 일이라도 생
긴 것처럼 나는 그쪽으로 다가가 전화기를 들었고 한참이나 그대
로 들고 서 있었다. 발신음 때문에 귀가 아팠다.

뒤늦게 장지에 나타난 내게 의대 동기 몇이 다가왔다. 즉사였
어. 유언 같은 걸 남길 틈도 없었다나봐. 동기들은 모두 검은 양복
에 검은 넥타이를 매고 있었다. 그중 하나가 차갑게 말했다. 너희
들 하품하는 쌍둥이는 정말 알 수 없는 놈들이야. 한 놈은 약혼식
전날 술집에서 만난 여자를 태우고 저수지로 뛰어들지를 않나, 한
놈은 무단 사퇴에다 행방불명. 대체 어디로 사라졌던 거야? 동기

202

들은 내게 연락이 되지 않아 곤란했던 모양이었다. 죽은 놈이야 아무 말 안 했지만 약혼녀라는 여자가 어찌나 찾아달라고 당부를 하는지 말야. 저기 있다, 너한테 꼭 연락해달라고 간절히 부탁하던 여자.

그 말을 듣기라도 한 듯이 여자가 우리 쪽으로 얼굴을 돌렸다.

진의 말은 다 사실이었다. 여자는 머리를 노랗게 물들였고 글래머였다. 고집이 센지 어쩐지 그것까지는 알 수 없었다. 슬픔 때문에 여자의 노란 머리는 초라하고 황폐해 보였다. 검은 옷 속에 든 젊은 육신은 비탄을 가누는 것만으로도 힘이 들어서 다른 의미의 탄성은 다 잃은 듯했다. 나를 쳐다보고는 있었지만 눈빛 역시 촛불이 꺼진 직후의 흰 연기처럼 꼬리만 길 뿐 섬광이 없었다.

여자가 내 쪽으로 다가왔다.

─진은 언제나 당신 얘기뿐이었죠.

나는 고개를 끄덕였다.

─저는 당신에 대해 모든 것을 알고 있어요.

여자가 마치 대답을 기다리듯 내 곁에 가만히 서 있었으므로 나는 별 뜻도 없이 한번 더 고개를 끄덕였다. 그런 다음 나를 비난하던 동기들 쪽으로 가서 검은 넥타이 무리에 합류했다.

진을 땅에 묻고 나는 집으로 돌아왔다.

비밀번호를 누르자 문이 열렸다. 재킷을 벗어 옷장 안에 걸어놓고 또다시 방 한가운데에 멍하니 서 있었다. 이제 뭘 하지? 할일이 아무것도 없었고 하고 싶은 것도 없었다. 그 동안 뭘 하고 살았는지 생각해보려다가 그만두었다.

진이 없다는 사실에 익숙해져야 했다. 아니면 무심해지거나.

나는 중얼거렸다. 진이 죽었다는 사실을 아는가. 안다. 그걸 믿는가. 믿는다. 내 눈으로 보았으니까. 그렇다면 간단하고 명백하다. 진은 죽었다.

―죽었다니까. 이제 그는 없어. 왜 받아들이기가 어렵지? '사실'인데?

삶이 '사실'로만 이루어져 있지 않다는 생각이 들었다. 삶에는 모호하고 설명할 수 없는 것들이 훨씬 더 많다. 나는 건조하고 명백한 '사실' 속에서만 살기를 원했다. 그러나 그것은 인간처럼 불완전하고 애매한 존재에게는 허용되지 않는 방식인 모양이었다.

의식하지 못하는 사이 나는 침대에 걸터앉아 있었다. 담배를 세 대나 피운 것도 몰랐으며, 언제부터인가 방 안에 노래가 흐르고 있다는 것도 깨닫지 못했다. 그는 진정 존재하지 않는 존재라네. 존재하지 않는 땅 위에 앉아 아무도 아닌 사람을 위한 아무것도 아닌 계획을 세우지…… 난생처음으로 이 방 안에 음악이 흘러나오고 있는 것이었다.

노래는 책상 옆에 놓인 시디 플레이어에서 흘러나오고 있었다. 플레이어 위에 여러 번 본 적이 있는 갈색 종이쪽이 놓여 있었으므로 내 시선은 저절로 거기에 멈춰졌다. '오디오집에서 왔다 감. 다섯시로 시간 예약을 맞춰놓았음.' 오디오가게 배달원은 책장 안에서 내게 단 하나뿐인 시디 '러버 소울'을 찾아내 플레이어에 걸어두었던 모양이었다.

정확히 열흘 동안 나는 공원에도 나가지 않고 피자만 먹으면서 비틀스를 들었다.

여보세요. 어느 날 진의 약혼녀가 내게 전화를 걸어왔다. 견디기가 너무 힘이 들어요. 만나서 진의 얘기를 좀 들려주지 않을래요? 그때 나는 〈If I needed someone〉을 듣고 있던 참이었다. 당신의 전화번호를 내 벽에 새겨놓아주세요. 내가 전화를 할 거예요. 그 노래가사에서처럼 진은 그녀의 집 벽에 전화번호를 새겼었다. 그런데 그 번호는 내 전화번호였다. 다음달에 나는 선배의 도움으로 변두리 병원에 다시 일자리를 얻었다. 일자리를 얻은 지 석 달 후에는 결혼했다.

RUN FOR YOUR LIFE

Hide your head in the sand, little girl
Catch you with another man
That' s the end a little girl
Na, na, na
Na, na, na

아내는 늘 머리를 노랗게 물들인다. 내 머리카락 색깔은 너무 검거든요. 상상력이 없어 보여서 싫어요.

또 한 가지 아내가 신경쓰는 것은 체중을 유지하는 일이다. 아내는 적당한 양을 규칙적으로 정해진 시각에 먹는다. 사람 몸에는 규칙성이 중요하대요. 안 먹다가 한꺼번에 먹어봐요. 그러면 몸이 저 스스로 알아서 꼭 필요한 대사에만 열량을 조금 사용하고 모조리 저장을 해두거든요. 살이 더 찐다구요. 삶에 대한 본능이란 그런 거잖아요.

하긴 햄스터도 배고픈 날에 대비해 해바라기 씨앗을 지칠 줄 모르고 받아먹었다.

책을 많이 읽는 아내에게는 시시콜콜한 이야깃거리가 많다. 아무 관심도 없는 이야기들이지만 나는 듣는 데에 익숙해져 있다. 내용을 귀담아듣지 않는데도 아내가 하고 싶어하는 말이 무엇인지쯤은 짐작으로 알 수 있다는 뜻이다. 나는 아내를 화나게 하는 일이 거의 없다. 그런 것도 삶에 대한 본능에 속할까.

결혼 후 한동안은 내가 혼자 살던 29블록에서 조금 떨어진 고층 아파트에 살았다.

어느 휴일엔가 아내와 함께 신도시 가운데에 있는 작은 산에 올라갔다. 거기에서는 이국적 분위기를 주는 빌라촌과 주택가가 한눈에 내려다보였다. 저기가 양지마을이에요. 아내가 설명했다. 햇빛이 잘 든다고 해서 붙여진 이름이래요. 집들이 정말 그림같이 예쁘죠? 아내는 그 마을에 하얀 이층집을 짓고 싶다고 했다. 털이 긴 흰 강아지도 한 마리 키우고요, 라며 노란 머리를 쓸어올렸다. 나는 그 집들이 그다지 마음에 들지 않았다. 남의 좋은 점만 모아서 흉내낸 듯한 부자연스러움이 느껴졌다. 그러나 부동산 사무실에 전화를 걸어 가격을 알아보았다.

새로 집을 지어 이사한 것은 작년 일이다. 이곳 역시 29블록에서 그다지 멀지 않다.

그리고 또 어느 휴일엔가, 아니 이번에는 휴가였던 것 같다. 아내와 나는 국도를 따라 남쪽지방을 여행하고 있었다. 운전을 하면서 아무 생각 없이 길을 따라가곤 하는 나는 잠깐 사이 엉뚱한 곳을 헤매게 되었다. 커브가 많은 숲길이 계속되었다. 어딘가 눈에 익다는 느낌이 들었지만 특별한 일은 아니었다. 어떤 종류의 잔상에 지나지 않는지도 모른다.

길모퉁이에서 갑자기 커다란 건물이 나타난 후에야 나는 그곳이 레인 캐슬이란 걸 알았다. 점심시간이라서 마당에 고시생들이 많이 나와 있었다. 배드민턴을 치는 사람도 있었고 종이컵에 커피를 마시는 사람도 있었다. 대부분 슬리퍼에 운동복 바지 차림이었다. 흔히 볼 수 있는 보통의 고시원이었다.

고시원 앞에는 '사망사고 발생지역'이라는 글씨가 거의 지워진 낡은 팻말이 있었다. 아무래도 이 길이 아닌 것 같아요. 돌아나가는 게 좋겠어요. 아내가 말했다. 나는 '청운고시원'이라는 현판 아래에서 차를 돌렸다. 얼마 안 가 아랫마을이 나타났는데 마을 입구의 바윗돌 위에는 '양지마을'이라고 새겨져 있었다. 마을은 내가 십여 년 전에 본 것보다 훨씬 윤택해 보였다. 나는 양지마을이라는 이름이 전국에 몇백 개쯤 될까 생각하면서 일주도로를 빠져나왔다.

와본 적이 있는 곳이야. 내가 입을 열자 아내가 대답했다. 기시감 같은 거 말인가요? 이상할 것 없어요. 그건 이 세상에 불가해한 부분이 존재한다는 암시 정도로 받아들이고 겸손하게 살라고 있는 거예요.

신도시 양지마을에 자리잡은 하얀 이층집 말고도 아내와 나에게는 많은 것이 있다.

다섯 살 난 아들에서부터 벽걸이 텔레비전과 콘도미니엄 회원권, 호두목 식탁이나 통신판매로 산 실내 운동기구 따위 꼭 가질 필요는 없는 자질구레한 물건들까지. 그리고 그런 것을 별 망설임 없이 구입할 수 있는 약간의 저축, 규칙적인 동반 외출, 기념일마다 선물을 주고받는 습관, 상대에 대한 안정된 관심과 존중, 결혼이라는 삶의 스타일…… 삶.

나의 출퇴근 시간은 거의 규칙적이다. 레지던트 시절을 보냈던 그 안과병원에서 다시 일하게 된 지도 삼 년이 되어간다. 그곳까지는 승용차로 사십 분 정도 걸린다. 내 근무태도에 대해 잔소리를 하곤 하던 선배는 과장이 되었다.

이따금 그와 골프를 친다. 그에 비하면 내 실력은 많이 처지는 편이라 필드에서도 병원에서처럼 그의 지시를 받아야 한다. 몸에 힘을 빼. 중요한 것은 적당히 힘을 빼는 일이야. 모든 운동이 다 그런 거라구. 인생도 그렇잖아. 남들 하는 대로 따라가지 않고 혼자만 뻣뻣한 놈치고 장타 날리는 놈 못 봤다.

그가 무슨 말을 하든 입을 가리고 웃는 젊은 캐디가 있었는데, 언제부터인지 입을 가리지 않고 웃게 되었다. 대신 그의 곁에 바짝 붙어서 한시도 떨어지려 하지 않았다. 그의 자동차에 함께 타고 가는 일도 있었다. 어느 날 내가 그의 가방을 차 트렁크에 실어주자 시동을 걸던 그가 내게 말했다. 네 차로 뒤따라올래? 거기가면 괜찮은 애들 많아. 같이 마시다가 본 게임 때 찢어지면 되지뭐. 나는 잠시 생각해보았지만 전혀 관심이 가지 않았다.

결혼한 이후로 아내 말고 다른 여자와 같이 잔 적이 없었다. 아내와의 잠자리는 대체로 무난했다. 아무렇지도 않고 나쁠 것도 없는 섹스였다. 그것은 아내 아닌 누구와도 마찬가지일 것이다. 굳이 아내 이외의 여자를 취할 이유가 없는 것은 그 때문이었다. 지방 신문 기자였던 아내는 지역 신문의 모니터로서 가끔 기사를 쓴다. 그러나 그다지 흥미 있어하는 것 같지는 않았다. 전부터 해왔던 일이기 때문에 조금쯤은 일정한 습관에의 욕구를 해소시켜줄 필요가 있는 것뿐이다. 내 섹스도 그런 식인 셈이었다.

아내와 나는 호수가 있는 공원에 자주 간다. 아들애를 데리고 갈 때도 있다. 그애가 자전거를 타는 동안 우리는 청동 조형물 아래의 벤치에 앉아 호수를 바라본다. 호수를 바라볼 때는 아내도 그다지 말이 없다. 아내는 물냄새를 깊이 들이켠다. 바닷가 도시에서 자란 아내는 물을 좋아한다. 자신이 그리워하는 바다 내음과는 거리가 있지만 그래도 물을 가까이에서 볼 수 있다는 것만으로도 아내는 그 공원을 마음에 들어한다.

물을 보면 어릴 때 생각이 나요. 하루 종일 모래밭에서 놀다가 한 번씩 바다로 정신없이 달려가서, 엄마 품에 안기듯이 풍덩 몸을 던지곤 했어요. 계집애가 팬티도 입지 않고 알몸으로요. 한 여덟 살 때까지 그랬던가? 그렇게 말하면서 아내는 아주 나이든 여자처럼 아련히 웃는다. 호수 저 너머에 있는 먼 강물처럼. 아내는 좋은 여자다.

호수와 강이 가까워서인지 도시는 밤이 되면 곧잘 안개로 뒤덮인다. 늦은 밤 무심히 창 쪽으로 얼굴을 돌렸다가 검은 창 바깥의 자욱한 안개에 불현듯 놀랄 때도 있다. 발코니로 나가보면 세상은 온통 안개 천지다. 안개는 골목에서도 나오고 땅에서도 허공에서도, 가로등 불빛에서도 뿜어져나온다. 밤의 대기 속에 가득 찬 안개는 두터워졌다가 얇아지기를 반복한다.

뿌옇게 감싸인 아파트 숲과 밤거리가 어찌 보면 저주와 재앙의 도시 같은가 하면, 한편 신비한 신생(新生)의 의식이 치러지는 신전 거리 같기도 하다.

깊은 밤 아내와 나는 발코니 난간에 기대선 채 안개가 자욱한 도시를 바라보며 진의 얘기를 하기도 한다. 대개 나는 담배를 피우고 있다. 아내는 이런 말을 했다. 진과 나는 아버지의 죽음에 대한 죄의식을 함께 극복하기 위해 상상 속의 쌍둥이가 된 거라고. 우리 둘 다 어린 나이에 아버지의 죽음을 가까이에서 보았던 건 사실이다. 내 부모의 죽음에 대해서도 아내는 말한 적이 있다. 혼자 살아남았다는 게 잘못은 아니죠. 보상금과 유산에 대해서도 그래요. 어쨌든 부당한 재물은 아니잖아요.

비틀스를 들을 때 아내와 나는 종종 진의 얘기를 한다.

아내는 비틀스를 아주 좋아한다. 아주 오래 전 내 차의 콘솔박스 안에 있던 모든 물건을 버림으로써 자신이 나타나기 전의 내 과거와 나를 결별시키려던 여자애가 있었다. 아내도 그 여자애처럼 결혼 전 내가 쓰던 물건을 다 버리기를 원했지만 오디오기기와 시디만은 예외였다. 내가 갖고 있던 시디를 되풀이해서 듣다가 아내는 비틀스를 좋아하게 되었다. 아내는 진에게서 비틀스에 대해 들어본 적은 없다고 했다.

내가 진에게 들었던 그대로 노래가사나 뒷얘기들을 옮겨주면 아내는 재미있어한다. 진은 아내의 마음을 사로잡기 위해 스키와 낚시를 같이 하는 장소를 물색하려 했었다. 그처럼 진에게는 가끔 이해할 수 없는 부분이 있었다. 비틀스 얘기라면 진이 나보다 삼십 배는 잘했고 훨씬 쉽게 아내의 고집을 꺾을 수 있었을 텐데 말이다. 여러 장의 앨범 중 아내는 '러버 소울'을 가장 좋아했다. 그것을 함께 들으며 이따금 나는 아내가 진인 것처럼 여겨진다. 아내 역시 나를 진으로 생각하는 순간이 분명 있을 것이다.

나는 이제 꿈을 잘 꾸지 않는다. 꿈을 자주 꾸는 것은 어린 아들이다.

그애는 제 방에서 자다가 깨어 우리 부부의 방문을 두드린다.
엄마, 무서운 꿈을 꾸었어. 도망치다가 높은 데서 떨어졌어. 아내
는 아이의 손을 잡고 제 방으로 데려다준다. 문밖을 나가며 나누
는 말이 내 귀에 들려온다. 엄마, 어른들은 무서운 꿈을 안 꿔? 엄
마도 어릴 때는 무서운 꿈을 꾸었어. 아이가 묻는다. 아빠도? 아
내가 대답한다, 그럼. 너도 곧 어른이 되면 무서운 꿈을 안 꾸게
돼. 다 크느라고 그런 거야.

아내도 알 것이다. 꿈을 꾸지 않게 되면 떨어질 곳도 날아오를
곳도 없어진다. 누군가는 위에서 걷고 또 누군가는 아래에서 걷겠
지만 어쨌든 그때부터 반복되는 시간의 평지를 걷는다는 점은 다
마찬가지이다. 그렇게 걷다보면 죽음과 만난다.

밖에서 놀던 아이가 잠자리채를 손에 든 채 뛰어들어온 적이
있다. 온몸이 땀으로 젖은 그애는 내게 오른손을 쑥 내민다. 아빠,
이게 뭐야? 나무에 많이 붙어 있었어. 아이가 제 손바닥을 펴서
보여주는 것은 곤충의 빈 껍데기이다. 그 안에는 한때 애벌레의
연한 연둣빛 몸통이 들어 있었을 것이다. 지금은 딱딱하게 마른
회색 껍데기뿐이고 안은 텅 비어 있다. 곤충이 일정 기간 사용한
뒤 벗어놓은 허물. 허물을 빠져나간 애벌레는 나비가 되어 어딘가
를 날고 있을까.

나는 속이 텅 빈 회색 껍데기를 한참 동안 본다. 생명이 떠나간

뒤에도 껍데기는 남는다. 껍데기에게도 육신이 있어 어쨌든 존재하긴 하는 것이다. 영혼이 떠나간 뒤 남겨진 육신처럼.

내 꿈은 나를 빠져나가 어딘가에서 제 나름의 날갯짓으로 살아갈 것이다. 그 어딘가에서 내 생명은 나비로서 계속되고 나는 여기에서 껍데기로 존재한다. 나비와 껍데기가 다시 만나는 일은 없을 것이다. 그리움도 잊었다.

아홉번째 꿈

이렇게 두터운 안개는 본 적이 없다.

신도시가 가까워질수록 길 가득히 안개가 눈앞을 가로막는다. 시계는 새벽 한시 구분을 가리키고 있다. 나는 이 시각에 운전을 하는 일이 많지 않다. 안개까지 덮이니 아주 낯선 곳을 달리고 있는 기분이다. 신도시 진입로에 들어설 때쯤에는 앞이 거의 보이지 않는다. 더듬더듬 나아가다보면 자동차의 꼬리에서 내뿜는 두 개의 비상등을 하나둘씩 만나게 되는데, 그 빛마저 흰 비단 베일에 비쳐 보이는 것처럼 아득하게 깜박거린다.

갑자기 허공에 붉은색 달무리가 나타난다. 나는 천천히 브레이크를 밟는다. 붉은 신호등 빛조차 제대로 보이지 않는 안개인 것이다. 내 모습도 완전히 감춰져 있을 것이다. 세상 누구도 지금은 나를 볼 수가 없다. 운전대에 두 팔을 얹고 나는 아주 오랜만에 혼자라는 생각을 해본다.

안개는 익숙한 장소를 전혀 다른 곳으로 만들어버리기도 한다. 언제나 가는 길밖에 알지 못하는 나로서는 길을 잃기 십상이다.

사거리에서 오른쪽으로 꺾어 들어가려다가 나는 지형이 조금 낯설다는 느낌을 받는다. 조금 전 첫번째 길에서 꺾었어야 했다. 아무래도 두 블록은 더 지나쳐 온 것 같다. 기다시피 해서 차를 유턴해 돌아나와보니 역시 낯선 길이다. 신도시의 어떤 길은 바둑판형이라기보다 방사형에 가까워 한번 잘못 들면 헤매게 마련이다. 아무래도 그렇게 된 모양이다.

길을 찾는 동안 시간이 꽤 많이 흐른 듯한 느낌이다. 안개는 점점 짙어진다. 쉴새없이 피어오르는 안개 뒤 거무스레한 고층 아파트 건물들 말고는 아무것도 보이지 않는다. 간간이 보이던 자동차의 비상등마저 없다. 바닷속 같은 뿌연 막막함뿐이다.

어딘지 잘 알 수 없는 사거리의 붉은 신호등 앞에서 나는 차를 세운다. 신호가 바뀌기를 기다리며 등받이에 머리를 기대는 아주 짧은 시간. 이상하게도 그 순간 잠이 밀려든다. 그리고 꿈을 꾸었다.

햇빛이 내리쬐는 한낮이다. 그녀와 나는 걷고 있다. 그녀가 이따금 나를 돌아보고 웃는다. 그때 갑자기 등뒤에서 거대한 물체가 나를 향해 달려온다. 날카로운 빛이 물체의 중심을 뚫고 나와 화살처럼 내 눈을 쏜다. 사라지는 뒷모습, 회전목마에 매달린 말의 그림자. 그사이 그녀는 사라지고 없다. 나는 두리번거린다. 누군가 나를 부르는 소리가 들리는 것 같았다. 뭐라고 불렀는지는 기억나지 않지만 분명 내 이름이란 걸 알 수 있다.

꿈이 깨는 것과 동시에 나는 불현듯 눈을 뜬다. 신호등은 바뀌지 않고 아직도 붉은색이다. 세상에는 여전히 밤과 안개뿐이다. 나는 안개를 물끄러미 바라본다.

그 속에서 자전거 하나가 나타난다.

자전거는 반대편 차선을 타고 내 차가 있는 방향으로 천천히 달려오고 있다. 짧은 머리에 긴 원피스를 입은 여자가 타고 있다. 그녀는 내 차 옆을 스쳐 지나간다. 내게 눈길을 두지 않고 그냥 지나치는 것이다. 나는 안개 속에 얼핏 드러나는 그녀의 얼굴을 보았다. 그녀의 눈은 깊이 들어가 있었고 입술은 얇았다. 흰 운동화로 자전거 페달을 밟는 것이 몹시 서툴러 보였다.

그 순간 나는 마치 미치기 직전처럼, 영혼이 육체의 통제를 벗어나려는 해방된 순간처럼 황홀한 격정에 사로잡힌다. 가속페달을 깊이 밟은 채 급하게 운전대를 꺾어 그녀를 뒤따라간다.

그러나 자전거는 안개 속으로 빨려들듯이 미끄러져들어가버린다. 내가 안개를 뚫고 다가갔을 때는 이미 아무것도 없다. 그녀가 보이지 않는다. 또 그녀를 잃은 것인가.

그때 안개 속에서 나를 부르는 소리가 들려온다.

—준.

소리는 귓불을 간지럽히듯 아주 가까웠고 나직하다. 그것이 내 이름이란 걸 나는 깨닫는다. 나는 미친 듯이 가속페달을 밟는다. 안개 속으로 질주해 들어간다. 아무것도 보이지 않았고 볼 필요도 없었다. 오직 그녀뿐이다. 그녀를 절대 놓칠 수 없다. 그녀는 나를 꿈으로 불렀다. 그녀는 반복되는 시간의 굴레에서 나를 구하기 위해 꿈속에서 도망쳐나왔다. 나는 그녀를 사랑한다. 나는 그녀를 사랑한다. 나는 그녀를 사랑한다. 내 눈에서는 눈물이 흐른다. 그때였다. 눈물을 머금은 내 눈 속으로 망막을 찢을 듯 날카로운 불빛이 화살처럼 내리꽂힌다. 그것은 나를 향해 달려오는 자동차의 헤드라이트였을까. 아니면 구원이라는 찰나의 섬광이었을까. 몸이 찢어지는 고통 속에서 나는 그녀의 자전거 바퀴가 안개 속으로 떠오르는 것을 본다.

그리고 아홉번째 꿈의 노래를 듣는다.

아주 오래 전—나는 거리를 걸어내려오고 있었지. 더운 열기 사이로 나무들은 속삭이고, 그때였어. 비가 쏟아져내리듯 누군가가 내 이름을 부르는 소리가 들리는 것 같았어. 오, 거기 펼쳐져 있는 두 영혼의 낯선 춤! 꿈속의 일이었을까.[10]

단지 꿈이었을 뿐일까.

|주|

1) John Lennon, 〈Nobody Told Me〉, 'Milk and Honey'

2) Beatles, 〈Julia〉, 'The Beatles(White Album)'

3) John Lennon, 〈Whatever Gets You Thru the Night〉, 'Walls and Bridges'

4) Beatles, 〈Nowhere Man〉, 'Rubber Soul'

5) Beatles, 〈Strawberry Fields Forever〉, 'Magical Mystery Tour'

6) Beatles, 〈Fixing A Hole〉, 'Sgt. Pepper's Lonely Hearts Club Band'

7) Beatles, 〈A Day In the Life〉, 'Sgt. Pepper's Lonely Hearts Club Band'

8) Beatles, 〈Help!〉, 'Help!'

9) Beatles, 〈Within You, Without You〉, 'Sgt. Pepper's Lonely Hearts Club Band'

10) John Lennon, 〈#9 Dream〉, 'Walls and Bridge'

가면 너머 얼굴
혹은
새로운 세계의 한 기원

김미정(문학평론가)

『그것은 꿈이었을까』는 은희경 소설 전체 속에서 어떤 원석(原石)과 같은 의미를 지닌다. 여기에는 은희경 소설의 익숙함과 낯섦이 공존한다. 냉소가 있으면서 냉소 뒤의 쓸쓸한 표정이 함께 드러나고 있다. 단단한 자아와 상처 입은 허약한 자아가 함께 존재한다. 물론 지금 우리를 주목케 하는 것은 후자, 그의 낯섦들이다. 이 소설은 세공되어 날렵한 모습 대신에 느슨하고 흐릿한 윤곽들이 두드러진다. 소설적 구조와 질서로부터 자유로우면서도 분명 어떤 네트워크를 이루고 있다. 이곳은 고통과 환희, 꿈의 세계와 상식의 세계가 연결되고 교차하는 패러독스의 세계다.

1. 성(城) 밖 K의 좌절

여기 비틀스의 명반 '러버 소울(Rubber Soul)', 실레의 자화상들, 영영 닿지 못할 성(城)을 배회하는 K가 있다. 각각 자기만의 세계와 마니아들을 거느리는 이런 기호들이 여기저기에서 출몰하고, 또 그 이미지들이 서사를 압도하는 그런 소설이 있다. 이미지와 문자 사이를 횡단하는 이 소설은, 우리에게 경직된 독서보다 릴렉스한 '감상'을 하도록 독려한다. 그렇게 해서 책장을 넘기면, '하품하는 쌍둥이'로 불리는 이들이 있고, 꿈속과 현실을 오가는 흰 운동화의 여자가 있고, 프라하를 여행하는 또다른 쌍둥이들이 있다. 누군가는 꿈속의 여인을 찾아 떠나고, 누군가는 비틀스를 탐닉하고, 또 누군가는 홀연 프라하로 떠나고, 누군가는 이곳에 있다가 저곳에서 나타난다. 이들 모두는 자기만의 상처를 가지고 있어서, 어떤 이는 그것을 대처하고 관리하는 법을 가지고 있고, 또 어떤 이들은 무방비인 채 그저 숨어 존재하고 있다.

이 모든 인물이나 사건은 하이퍼링크의 우연한 접속을 닮아 있다. 그(것)들은 각기 따로 존재하다가 우연히 마주치고 사라지고 다시 어디선가 만나고 있다. 단단한 물질감 대신 유동하는 몽환이 있다. 분명 감각하고 체험함으로써 실재한다고 말할 수 있지만, 깨고 나면 사라지는 그(것)들이 있다.

이 낯선 몽환과 혼돈의 세계는, 은희경이라는 작가에게 붙은 익숙한 타이틀 및 그에 대한 선입견과 잠시 충돌한다. 구체적 시공간과 섬세한 일상 속에 밀착해 있던 선명한 스토리라인이나, 냉소·위악의 표정들은 흐릿하다. 물론, "환각을 하나 마련해두고 있으면 쓸모없는 외로움이나 질문 따위는 쓰레기처럼 그곳으로 빨려들어가서 폐기된다. 그럼으로써 자기의 현실 속에서는 그럭저럭 건전하게 살아갈 수 있는 게 인생인 모양이었다. 그런 방법을 취미생활이라고 부르든 변화나 일탈이라고 이름짓든 나는 관심 없었다"(126쪽)라거나, "차 안에서 시위나 파업으로 인한 교통 체증을 만나면 사이드 브레이크를 올린 다음 라디오를 틀었고 (……) 나를 피곤하게 하는 것은 있었지만 아프게 하는 것은 별

224

로 없었다"(129쪽), 혹은 "원래 있던 자리에 집을 갖다놓은 뒤 당분간 들여다보지 않아도 될 만큼 먹이통에 먹이를 수북이 쏟아놓았다. 처음부터 그 정도 이상은 관심을 두지 말았어야 했다. 아예 애완동물 가게의 주인남자에게 햄스터를 처분해버리고 오지 않은 것이 약간 후회되었다"(137~138쪽)는 투의, 예의 그 냉담함과 초연함과 자기 보존의 기술이 아예 보이지 않는 것은 아니다. 그러나 우리는 다음과 같은 대목에서 성(城) 밖 K의 좌절을 엿보게 된다. "나는 한 번도 혼자라는 사실을 불행해해본 적이 없다. 그렇게 생각하는 편이 나았고 또 그것이 가능하다고 여겨왔다. (……) 그녀를 만나기 전까지는 말이다."(144쪽, 강조는 인용자)

이것은 하나의 전환이다. 즉, 이 세계는 '그녀'를 만난 이후의 세계다. 그리고 '나'는 혼자라는 사실에 대해, 그 불행에 대해 인정하게 되는 세계다. 스스로 통어할 수 없는 삶 속의 고독, 상처, 슬픔과 같은 정념을 피하지 못하는 '나'를 수락하는 세계다. 불가항력적이고, 명료하지 않은 삶을 운명으로 깨닫는 자들의 이야기이다. 그러하기에 이것은 그 동안 가능했던 자기 관리술을 더 밀어붙일 수 없음에 대한 승인이며, '나'를 둘러싼 세계의 불가항력을 다시 인지할 수밖에 없는 왜소해진 이의 자기 반성(reflection)이다.

은희경 소설 특유의 단정하고 시니컬한 어조를 기대했던 이라면 혼란스러웠을 것이다. 소설 전체는 삶의 불명료함과 혼돈을 이야기하고 있으면서, 그 속에서 보호색을 가지는 일이 본래부터 가능했을까와 같은 회의를 드러내고 있다. 표면적으로 그것은 마치 "잉크병이 엎질러졌던 흰 책상보를 성의 없이 세탁해놓은 듯한 색깔"(31쪽)처럼 드러나 있다. 작가는 작정이나 한 듯, '그녀' 들의 흰 운동화에 묻은 갈색 콜라 방울(43쪽)이나 커피 얼룩(168쪽)을 굳이 감추지 않으려고 한다. 우리가 알고 있는 90년대 작가로서의 은희경이라면 '그녀' 들의 '흰 운동화' 만을 보여주었을지 모르겠다. 우리의 기억에는 그 깨끗하고 단정하고 서늘한 질감만이 남았을 것이다. 그런 작가가 우리 앞에 '얼룩' 을 애써 드러내 보여주고 있다. '머리 속의 땜통까지 드러내고자 한 소설' (「서정시대」, 『행복한 사람은 시계를 보지 않는다』, 창비, 2000)에도 형식이 있다면 이런 것이었을까.

그럼에도 불구하고 이것은 은희경의 소설이다.

2. '그것은 꿈이었을까' 의 발생론

『그것은 꿈이었을까』는 정확히 말해 1998년의 소설이다. '꿈속의 나오미' 라는 제목으로 당시 PC 통신에 연재된 이 소설은 이듬

해에 '그것은 꿈이었을까'로 이름을 바꾸면서 종이책이 되었다. 돌이켜보면 그 시절은, 무수한 포스트(post) 접두어가 우리를 아찔하게 한 시절이었을 뿐 아니라, 육박해오는 새로운 매체환경 속에서 감각과 경험의 의미를 다시 질문해야 했던 때였다. 사이버스페이스는 세계에 대한 우리의 이해를 교정하거나 확장케 하는 물질적 역할을 했고, 형용모순처럼 여겨졌던 사이버(cyber)와 리얼리티가 혹은 버추얼(virtual)과 리얼리티가 조합하여, 그때까지와는 다른 종류의 리얼리티를 발견해냈다. 그리하여 이미지의 찰나성은, 그냥 리얼리티보다 매혹적이었고, 그것은 삶의 다른 지평을 개시(開始)하는 것이기도 했다. 이같이 삶을 둘러싼 물질적 조건의 변화는, 당시 우리의 문학 지형의 변화와 분명 상동적인 데가 있었다. 즉, 종이책으로서의 이 소설은 분명 낯설었지만, 종이책이 되기 이전의 소통의 회로와 조건들을 떠올린다면, 어쩌면 당시 이 소설은 그리 낯선 것이 아니었을 수도 있다.

이를테면, 음악과 이미지와 문자가 동시에 링크·접속될 수 있는 조건 속에서, 시간과 인과는 심급이 아닐 수도 있었다. 기원에 연연해하지 않는 접속과, 여러 개의 아이덴티티와, 어떤 구애도 없는 단절과 이동의 자유로움은 분명 전통적 서사의 지형을 변화시키기에 충분했을 것이다. 독자는 또 어떤가. 모니터를 바라보는 '육체'와 별개로 사이버 속에서는 '나의 자체적인 논리와 지형'이

가능했다. 즉, 그곳에서는 현실에서 자명하던 팩트들이 재배치되었고, 존재한다는 것의 의미 역시 재고해야 하는 것이었다. 그곳은 수면 아래에서 통제되어오던 세계가 물질성을 입고 등장한, 뒤늦게 발견된 또다른 영토였다. 따라서 그 세계의 개시를 떠올린다면 이 소설의 낯섦은 이상할 것도 없었던 것이다. 그러니까, 이 소설은 은희경의 소설세계에서 한 특이성을 의미할 뿐 아니라, 당시 문학을 둘러싼 콘텍스트의 변화 속에서도 그 의미를 논할 수 있는 독특한 위상을 갖는다.

다시 한 시절의 좌표를 떠나, 은희경의 소설세계로 돌아와보자. 이것은 종이책이 되고, 은희경이라는 서명이 부기됨으로써 다시 낯설게 나타났다. 이를테면 우리는 이 소설에 이르러, 그간 '환멸, 냉소, 위악, 나르시시즘'을 위시한 소위 90년대를 조명하는 개념들 속에서 은희경 소설을 읽어왔던 것이 절반만 옳았던 것은 아니었을까 돌아보게 되었다. 어쩌면 우리는 그간 작가의 말에서 연원하는 '나'의 구분(보이는 나 vs 보는 나)에 심하게 들려 있던 것은 아니었는지, 명료한 어조와 잘 짜여진 구성의 소설만이 은희경 소설의 전부라고 여겨온 것은 아니었는지 말이다. 그만큼 이 소설은, 은희경 소설에 대한 우리의 기억과 기대에 온전히 일치하지 않고, 어딘지 오버랩되면서도 계속 미끄러진다.

기왕에 이런 소설들도 떠올려보자. 예의 그 잘 관리되고 견고

한 '나' 대신에, 어딘가 기우뚱하고 불완전한 '나'들이 환유적으로만 나열되는 소설들이 있었다. 거기에는 정교한 인과와 이야기 대신에, 상징이나 몽환 등이 강화되어 있고, 더불어 여러 톤(tone)의 정념이 넘친다. 그것은, 이른바 은희경식 웰메이드 서사의 단정함과는 거리가 있는 대신, 삶에 대한 여러 갈래의 페이소스가 굳이 맨얼굴을 숨기지 않고 부각되는 소설들이다.

이를테면, 지구 반대편의 분신을 통해 '나'의 근원적 상처를 쓸쓸하게 감상적으로, 그리고 솔직하게 드러내거나(「지구 반대쪽」, 『행복한 사람은 시계를 보지 않는다』), 이웃에게 관심이 많은 사람들과 '마음속까지 선량한' 사람들을 등장시켜 삶의 지리함마저 긍정하는 태도(「여름은 길지 않다」, 『행복한 사람은 시계를 보지 않는다』)들이 있었다. 분명 이것은 촌철살인적 에피그램이나, 잘 세공된 정서나, 은희경식 자기 관리술 등과는 거리가 있는 것이었다. 또한, 느슨하게 연결된 서사와, 솔직한 감정 노출이 두드러진 「태양의 서커스」(『상속』, 문학과지성사, 2002) 역시 그러하다. "환상적인 음악과 인간의 몸을 최대한 이용해 아름다움을 표현"하는 '태양의 서커스' 공연 속에서, 소설 속 화자는 "익명의 세상 속에서 존재하는 개인의 **독립성과 고독**"(강조는 인용자)을 이야기한다. 이처럼 약간의 습기를 동반한 정념들은 공교롭게도 '환상'이라고 하는 스타일과 자주 만나고 있었다. 사후적 판단일지라도, 분명

냉정과 초연함의 정서가 잘 짜여진 소설적 구성과 짝을 이루어 유지되어왔다면, 냉정과 초연함의 긴장이 해제될 때 거기에는 몽환적이고 느슨한 구성이 짝을 이루고 있던 것도 분명해 보인다. 물론 우리에게 익숙한 은희경의 소설은 전자였다.

몽환적 분위기, 타인의 존재에 대한 긍정, 고독과 관련된 정념들은, 분명 90년대 문학사의 맥락에서 주목받지 않은 그의 다른 면이기도 하다. 우리가 알고 있는 은희경은 분명 90년대라는 레테르를 통해 규정되고 축복받은 작가였지만, 그 안에서 의미가 공전되어온 면도 분명 있었다. 이런 의미에서 최근 『아름다움이 나를 멸시한다』(창비, 2007)에 이르기까지 점층적으로 강화된 형식적 이질성과 두터워지는 페이소스는, 분명 '90년대적'이라는 말의 이미지에서 결박된 몸을 풀고 나오려는 작가적 고투로 보이기도 한다.

이런 문학사적 위치와 변화와 그간의 평가를 고려한다면 『그것은 꿈이었을까』는 은희경 소설 전체 속에서 어떤 원석(原石)과 같은 의미를 지닌다. 여기에는 은희경 소설의 익숙함과 낯섦이 공존한다. 냉소가 있으면서 냉소 뒤의 쓸쓸한 표정이 함께 드러나고 있다. 단단한 자아와 상처 입은 허약한 자아가 함께 존재한다. 물론 지금 우리를 주목케 하는 것은 후자, 그의 낯섦들이다. 이 소설은 세공되어 날렵한 모습 대신에 느슨하고 흐릿한 윤곽들이 두드러진다. 소설적 구조와 질서로부터 자유로우면서도 분명 어떤 네트워크를 이루고 있다. 이곳은 고통과 환희, 꿈의 세계와 상식의 세계가 연결되고 교차하는 패러독스의 세계다.

3. 두 개의 세계

의대생 '준'과 그의 친구 '진'이 있다. 그들은 시험 준비를 위해 고시원 레인캐슬로 떠난다. 언젠가부터 '준'은 같은 여자에 대한 꿈을 반복해서 꾸고 실제로 그녀를 만난다. 고시원에서, 콘도미니엄에서, 병원에서, 다시 꿈속에서. '준'과 '그녀'의 만남과 헤어짐은 꿈의 안팎에서 반복된다. '준'이 '그녀'로부터 도망친 후에도 여전히 '그녀'와 '그녀'의 분신들은 어디서나 나타난다. '준'의 프라하 여행 직후 '진'은 자동차 사고로 사망하고, '준'은 '진'의 약혼녀와 결혼한다. '준'은 마치 성장소설의 주인공처럼 잠시 '꿈속의 그녀'를 잊고 일상으로 돌아가지만, 그녀가 다시 등장하면서 소설은 '진'이 그러했듯 '준'의 자동차 사고로 끝을 맺는다.

이 소설 속의 인물과 사건들은 기묘하게 겹쳐지고 느슨하게 연결되어 있다. 화자인 '준'과 의대 동급생 '진', '준'과 '그녀', '그

녀’와 화재로 죽은 ‘그’, 프라하의 ‘미아’와 ‘미나’ 등, 이들은 서
로 부분적으로 닮아 있거나, 정반대의 성격을 각각 나눠 갖고 있
다. 또한 이들은 제각기 불안과 슬픔과 고독 등의 정념을 고백하
고 있지만 그것이 모두 한 가지 원인을 갖고 있는 것은 아니다.
‘준’은 ‘그녀’를 만난 뒤부터 사랑과 두려움, 그리움을 동시에 고
백하고 있다. ‘미나’와 ‘미아’ 역시 불안과 두려움을 고백하고 있
지만(172쪽) 그것은 다른 원인을 갖고 있다. ‘꿈속의 그녀’ 역시
불안과 그리움을 가지고 있지만 그 대상은 다른 곳을 향한다.

　인물이나 사건뿐 아니라 소설 속의 의미들 역시 모두 일종의
짝패(double)처럼 존재한다. 그들은 부분적으로 겹쳐 있고 한편
으로는 정반대의 속성을 지시한다. 그럼에도 불구하고 이 전체의
관계들을 관통하는 것은, ‘준’이 ‘꿈속의 그녀’라고 하는 어떤 이
질적인 존재와 마주치면서부터 이야기가 시작되었고, 여러 정념
이 경합하게 되었다는 사실이다. 즉, 『그것은 꿈이었을까』의 세계
는 둘로 나눌 수 있다. ‘그녀’를 만나기 이전과, 만난 이후.

　‘그녀’를 만난 이후의 세계는 우선, 모든 종류의 견고함들이 의
심되는 세계, 어떤 변화가 진행되는 세계다. 이를테면, 현실의 안
팎, ‘나’의 안팎도 모호해지는 세계다. 소설 전체가 현실의 안팎
을 넘나들면서 하나의 거대한 몽환의 성채를 이루고 있을 뿐 아니
라, 은희경 소설의 견고한 ‘나’들에게도 무언가 변화의 기운이 감

지되고 있는 중이다. 다음은 '준'의 변화이다.

"지금까지 나는 단지 환부를 상대했다. 그런데 점점 그것만이 아니게 되었다. 환부에서 비롯되는 고통을 보았고 그에 따라 감정이 조금씩 움직였다. 그리고 쉽게 지쳤다."(130~131쪽) 그가 '그녀'의 세계를 억압하고 일상으로 돌아가려 한다고 해도 그 잔영이 사라지는 것은 아니다. 여전히 '그녀'의 분신들은 '준'의 일상에 개입해 있다. 그가 '그녀'를 만나기 전까지 인정한 것은 '환부'였지만, '그녀'와의 만남 후 인정해야 했던 것은 '고통'이다. 타인의 '고통'이 자신의 '고통'으로 전이되면서 그는 비로소 자기 안의 '고통'에 대해서도 인정할 수 있고 정면에서 마주할 수 있게 된다. 그제야 그는 자신의 허약함, 냉소를 추동한 자기 방어심에 대해 인정한다. '준'이 어릴 적 자동차 사고로 부모를 잃었다는 사실도 소설에서 '그녀'가 '준'의 삶에 개입한 이후에서야 밝혀진다. "나는 아홉 살이었고, 나에게 있어 운명이란 그것을 받아들이는 것 말고는 아무것도 할 수 없도록 그렇게 왔다. 나는 한 번도 혼자라는 사실을 불행해해본 적이 없다. 그렇게 생각하는 편이 나았고 또 그것이 가능하다고 여겨왔다. 마치 물병 속의 물을 마셔 없애는 것처럼. 그녀를 만나기 전까지는 말이다."(144쪽) 그의 냉정함과 초연함이 흔들리고 있다. 이제 자신의 고독과 불행을 기억해내고 그것을 승인하고 있는 중이다.

그러고 보니 이런 대목도 있었다. "사람은 나약한 존재라서 타인을 원하지. 따지고 보면 사랑이란 건 확고부동한 자기 편, 그러니까 또다른 자기를 만들려는 일이잖아. 그게 귀찮아서 그냥 자기 자신을 사랑하는 사람들도 가끔 있고. 사실 자기 자신을 사랑하면 많은 문제가 해결되니까. (……) 나는 진처럼 생각할 수는 없었다. 서로 소통하는 과정도 필요 없이 누군가 나를 들여다보고 나의 내면 속에 들어와 간섭하기 시작했다면—그것은 다른 누구가 아니다. 바로 나 자신이다."(102~103쪽)

여기에서 '진'은 냉소적 자기 합리화와 방어적 자기애를 이야기하고 있다. 이에 반해 '준'은 '소통할 필요(의지, 노력)' 없는 사랑에 대해 회의적이다. 그는 사랑이 '나'의 문제가 아니라, '관계'의 문제라는 것에 대해 말하고 있는 중이다. 즉, '진'의 말이 기존 은희경 소설 속 사랑의 에피그램에 해당한다면, '준'의 말은 분명히 그것에 대한 다시 보기(reflection)이다. '그녀'를 만난 후의 세계는 '소통할 필요'를 이야기하는 변화와도 맞닿아 있다.

곧 '그녀'를 만난 이후, 사랑의 문제 역시 '나'의 문제가 아니라 '관계'의 문제로 선회한다. 그렇지만 그 '관계'를 구성하는 일, 타인을 내 안에 들이는 일이란 얼마나 지난한 것인가. 그리하여 이 관계를 지배하는 정조는 갈망과 불안이라는 양가적 심성이다. '그녀'는 갈망의 대상인 동시에, "대체로 사람의 관계에 무관

심한 나"(129쪽)에게는 일종의 이물감이므로 불안의 원인이기도
하다.

이를테면 소설에서 "나는 돌아보지 않았다. 나는 그녀에게로
돌아가지 않았다"와 "나는 그녀를 사랑한다"(122쪽)는 문장은 나
란히 놓여 있다. 은희경의 다른 소설에서였다면, "나는 돌아보지
않았다. 나는 그녀에게로 돌아가지 않았다"에서 마침표를 찍고
그것을 유지하기 위한 긴장으로 팽팽했을 것이다. 그러나 지금 이
소설에는 "나는 그녀를 사랑한다"라는 문장과의 거리를 좁히지
못하는 내면의 비탄이 소용돌이치고 있다. 그는 이미 스스로를 통
제할 수 없는 어떤 불가항력을 인정한다. 이 양가적인 심리가 요
동치는 생생함은, 세계와 '나' 사이의 거리를 유지함으로써 가능
했던 냉소와 자기 보존이 더이상 유효하지 않게 되는 어떤 사태를
환기시키고 있다. 일찍이 은희경 소설 속의 '나'들이 이렇게도 허
약하고 불안하고 위태로웠던 적이 있었던가.

4. 가면 너머의 얼굴의 기원

은희경 소설의 '나'란 단순한 화자나 주인공이 아니다. 90년대
문학사에 기입된 개인 주체의 귀환과 그 사인성(私人性)·내성

등의 항목은 결국 이 '나'들에 대한 주석인 셈이기 때문이다. 누군들 열망과 열정 후에 찾아오는 쓸쓸함과 허무에 대해 모르겠냐마는, 그들 세대에게 이것은 특정 시절의 부침과 관련된 집단적 페이소스의 형태이기도 했다. 그들은 상황(시대)의 격변(반전) 후 감내해야 하는 상처에 대해서도 알고 있었다. 그들은 배후의 목소리 없이 자기 안의 목소리에 따라 홀로 살아내야 할 운명을 수락해야 했으므로, 자기 방어는 하나의 생존의 격률이 되기도 했을 것이다. 이를테면 사랑에 빠지기 전에 사랑의 불가능성을 꿰뚫어봐야 했고, 세계의 두려운 진실과 직면하기 전에 세계로부터 거리를 둘 수 있어야 했다. 이 거리 두기의 긴장감은 오랫동안 은희경 소설 속에서 냉소나 위악의 제스처로 나타났고, 이 견고한 가면 역시 점점 견고해져갔다. 그런데 이 가면 뒤의 '나'들의 진짜 표정에 대해 우리는 짐작해본 일이 있는가. 어렴풋이 이것은 가면이고 연기다라고 인정하더라도, 은희경의 소설들에서 진정 그 너머의 표정을 추측해본 적이 있었던가.

이런 맥락을 떠올려볼 때, 이 소설 속의 존재들은 완전히 무장해제된 또다른 그들이다. 그들은 이 소설 속에서 계속 무언가를 포기하고 취(取)하고 변화해간다. 최적의 상태로 스스로를 조정하고 유지하는 데 능했던 은희경 소설의 자기 관리술은 지금, 번번이 복병처럼 숨어 있다 등장하는 타자들에 의해 방해받고 그에

순응(굴복)하곤 한다. 음악을 들으면서 차단되어 혼자가 되는 방법(199쪽)도, 고수하고 있던 현관 키의 비밀번호(142쪽)도, 안락한 어른의 일상도 종내는 포기하는 '준'을 보자.

즉, 견고하고 일관된 '나'란 이 소설에 존재하지 않는다. 각 인물들이 환유적으로 연결되고 존재하고 있다는 것도 중요한 증거다. 인물들은 각각 결코 하나로 동일화될 수 없는 고유성(단독성)을 갖고 있으면서, 그러면서 서로 어딘가에서 연결되고 있다. '하품하는 쌍둥이'로 지칭되는 '나(준)'와 '진', 프라하에서 만난 '미아'와 '미나', 흰 운동화의 그녀, 꿈속의 그녀, 그녀의 오빠, 그녀가 사랑한 절름발이 고아 남자, 화재에서 그녀를 구한 남자, 노웨어맨 등, 모든 인물들은 각각의 캐릭터를 갖고 있다기보다, 각자의 결정적인 특징들을 조금씩 나누어 갖고 있거나, 아예 정반대의 성향을 나누어 갖고 있다. 겹치면서 미끄러지는 '나'들의 파편들은 소설 속에 무수하게 존재한다. 자명하고 견고한 세계가 처음부터 존재하지 않았듯, 이들은 서로의 분신처럼, 그러면서 각각의 고유성을 갖고 등장하고 있다. 표면적인 '나'의 모습은 언제나 이면에 다른 모습을 숨기고 있다. 억압된 것들이 언제나 현실 속에서 다시 출몰하고 귀환하는 것도, 꿈속과 바깥의 두 세계를 엄격하게 구분하기 어려운 것도, 모두 통합되고 완벽한 '나'의 포기와 관련된다.

그간 은희경 소설에서 인색했던 장면들은 바로 이 허약함, 상처, 불완전함이 아니었을까. '나' 마저 대상화하거나, 세상을 전유한 척 냉소해버리면 그만이었던 이들의 세계. 타인 앞에서 '나'를 보호하고 '나'의 자아를 지키기에는 더없이 적절했으나, 그 비애와 생채기는 홀로 감당해야 했으리라 추측되던 이들의 세계 말이다.

이것이 비로소 그 형체를 분명히 한 것은『그것은 꿈이었을까』이후로도 몇 년을 더 기다려야 했던 것 같다. 다음은「고독의 발견」(『아름다움이 나를 멸시한다』)의 한 대목이다. '준' '진' '그녀' '미아' '미나' 등등을 연상시키는 '나' 들과, 무엇보다도 '외로움'에 대한 고백이 우리의 눈에 띤다.

"이 세상에 나는 여러 개로 흩어져 각기 다른 시간과 공간에 살고 있어요. 그것들은 서로 몹시 달라요. 화를 잘 내는 나도 있고 수줍은 나도 있고 말 잘하는 나도, 어리석은 나도, 그리고 아름다운 나도 혐오스러운 나도 다 있어요. 그것들은 흩어져 존재하지만 어느 한순간 모두가 같은 생각을 하면 갑자기 사람들의 눈에 띄게 돼요. 외롭다는 생각 같은 것 말이에요. 그러면 사람들은 내게 와서 말하죠. 어제 시장에서 욕설을 퍼부으며 물건 값을 깎고 있는 천박한 너를 보았어. 어제 극장의 로얄석에서 눈물을 흘리며 오페라를 감상하는 우아한 너를 보았어. 비닐하우스 안에서 허리를 구부리고 오이를 따는 늙은 너를 보았어. 챙 넓은 모자를 쓰고 공원 벤치에서 책을 읽는 평화로운 너를 보았어. 남자에게 맞아 피투성이가 된 채 울며 뒤쫓아가는 미친 너를 보았어. 그러나 사람들은 그런 일을 곧 잊어요. 세상에는 닮은 사람들이 많은 법이고 그리고 한 사람이 동시에 여러 장소에 나타나는 일은 절대로 있을 수 없다고 믿기 때문이죠."(「고독의 발견」, 59~60쪽, 강조는 인용자)

처음 계간지(『문학·판』 2006년 가을호)에서 발표됐을 때와 달리 이후 단행본으로 출간되면서 첨부된 구절이 하나 있다. "외롭다는 생각 같은 것 말이에요." 이 구절로 인해 최근 이 작가가 골몰해왔던 두 가지 키워드를 엿보게 된다. '여러 모습의 나들' '외로움(고독)'. 그간 은희경 소설 속의 '나'들은, 90년대적 주체성의 담지자로 호명되면서, 하나의 표정만을 암묵적으로 요구(기대)받았던 것은 아닌가. 90년대 문학이라는 의장이 이 작가의 소설을 이미지화하면서 우리의 기대지평을 제한한 측면은 없었던가. 정작 그들의 이면에는, 오랫동안 이 고독과 아픔과 슬픔의 언저리에서 배회하고 있던 K들이 숨어 있었던 것은 아닌가.

'화를 잘 내고 수줍고 말 잘하고 어리석고 아름답고 혐오스럽고 천박하고 우아하고 늙고 평화롭고 미치는' 일들이 한 명의 K 안에서 가능하다는 사실을 우리는 자주 잊는다. 이 애매모호한 인간이 우리라는 사실, 본디 명료하지 않은 것이 삶이라는 사실을 우리는 자주 잊는다. 은희경의 소설 속 '나'들이, 가면 뒤에서 이렇게 변천해가고 있었다는 것 역시 잊기 쉽다. 그리고 『그것은 꿈이었을까』는, 이 잦은 망각들을 문득 부끄럽게 한다. 이것은 은희경 소설 속에서 어떤 이질적인 모습과 공존해왔는지, 변화가 어디에서 연원하는지 가늠케 한다. 『그것은 꿈이었을까』는 분명, 가면 너머의 얼굴의 한 기원인 것이다.

5. 새로운 세계의 열쇠

　소위 80년대적인 것, 혹은 큰 이야기가 소멸하면서(동시에 그들 스스로 큰 이야기를 타자화시키면서) 등장할 수밖에 없었던 세대로 잠시 돌아가보자. 분열과 양가감정에 대해서라면 그들만큼 더 잘 이해할 세대가 없을지도 모르겠다. 그들은 모두 정도의 차이만 있을 뿐, 위장과 포즈로부터 자유롭지 못했을 것이다. 은희경식 거리 두기의 시니컬한 표정도 어쩌면 그들이 그토록 구별되고자 했던 큰 이야기 시대의 강박의 모양을 닮은 또다른 강박은 아니었을까. 그 시절을 버틸 힘으로서의 냉소, 나르시시즘과 같은 자기 관리, 자기 보존의 기술이 필요했었다면, 그리고 그것이 가능했었다면, 이제는 그 긴장마저 일종의 부질없는 강박일지도 모른다는 회의들이 지금 그의 소설들의 근간을 이룬다. 그의 최근 소설들의 낯섦은 분명 『그것은 꿈이었을까』의 세계와 맞닿아 있다. 가면 너머의 '나'들이라는 테마의 변화에 대해서도 그러하거니와, '꿈(몽환)'과 관련된 스타일의 변화에 대해서도 그러하다.

이제 다시 환기할 것은, 이 소설이 꿈에 대한 소설이라는 것이다. 그것도 "인생의 또다른 버전"(111쪽)으로서의 '꿈'에 관한 소설이라는 것이다. '꿈'은 '그녀'가 표상하고 있는 세계일 뿐 아니라, 이곳과는 "전혀 다른 세계"(112쪽)다. 또, "현실에서 살아가듯 꿈속에서도 살아가고 있었다"(112쪽)고 말할 수 있는, 엄연히 실재하는 세계이다. "삶이 '사실'로만 이루어져 있지 않"다거나 "삶에는 모호하고 설명할 수 없는 것들이 훨씬 더 많다"(204쪽)고, 그리고 인간은 "불완전하고 애매한 존재"(204쪽)라고 인정하게 만드는 그런 세계다. 그리고 이 '꿈'이 일종의 '상실감'과 관련된다는 것을 마지막으로 부기해둘 참이다.

상실감은 시간의 흐름과 무관치 않다. '철 지난 휴양지'에서 "정열이 소모된 뒤의 기대하지 않았던 평화나 쓸쓸함, 추억, 쓰레기"(42쪽) 등을 발견하는 시선은 분명 시간에 의해 박탈된 시절을 그리워하는 시선이다. 이 소설에서 놓치지 말아야 할 것은 이런 대목이다. '헤이, 주드'라고 불리기 원했던 '진'이 '의사선생님'으로 불리는 것, "행복한 순간에는 그 시간이 지나가고 있다는 것 때문에 슬퍼"(117쪽)지는 것 등 말이다. 모든 향수와 상실감의 원인은 시간이다. 시간은 존재를 퇴색시키고 변질시키지만 현실 속에서는 시간과 겨루어 이길 수 없다. 그러나 꿈속에서는 시간과 공간의 제약으로부터 자유롭다. '꿈'은 시간을 지배하고 시간의 흐름을 무화시키는 시공간이다. 이 소설이 꿈의 세계를 지향하는 것도 이런 이유다. "사라져버린 일들은 모두 꿈속에 들어 있"(57쪽)을 것이며, 한때 가장 절박했던 그 시절이 있을 터였기 때문이다.

그렇다면 은희경 소설의 '나'들이 가면을 필요로 했고, 한편으로 그 가면을 벗고 무장해제하는 모습은 양쪽 모두 역설적이게도 '시간'이라는 불가항력과 관련이 있었을지 모르겠다. 그의 모든 소설을 유일하고도 일관되게 관통하는 정서가 있다면 그것은 '상실감'일 것이다. 상실감은 곧 시간 앞에서의 무기력증이다. 따라서 세계와 거리를 두며 가면의 위장으로 자기를 잘 관리해냈던 것이 상실감에 대한 첫번째 대결방법이었다고 한다면, 『그것은 꿈이었을까』를 비롯 근래의 어떤 소설들 속에서 아예 '꿈'이라고 하는 절대의 시공간을 만들고 그 속에서 잃어버리기 전의 상태로 잘 보존된 시절을 찾아나서는 것은 상실감에 대한 두번째 대결방법이라고 해도 좋을 것이다. 불가항력의 시간이 잠시 중지된 자리는 곧 "장소와 시간이 모두 사라져버린 어떤 절대"(46쪽)일 수밖에 없다. 이 꿈의 세계, '어떤 절대' 속에서 우리는 오롯이 보존된 시절과 대면할 수 있다. 시간의 횡포를 피할 수 있는 시공간이 바로 '꿈'이라는 것. 은희경의 소설들이 꿈의 세계를 지향하고 몽환적 스타일을 강화할 때, 그 역시 소멸과 상실에 대결하는 대결방법의 하나라는 것을 기억해두어야 할 것이다.

이런 의미에서 현실에 안착한 듯했던 '준'의 갑작스런 죽음은, 현실적으로도 비극이고 익숙한 독법으로 읽어도 비관적이지만, 한편으로 그것은 그저 현실의 논리일 따름이다. 소설은 내내 "죽음도 끝은 아니"고 "모든 것은 반복"(156쪽)된다는 것에 대해 강조한다. 이것이 '꿈' 속의 논리다. 이 소설이 권장하는 바대로, '꿈'의 자체적인 논리와 그 세계를 긍정한다면, 이 죽음은 갑작스러운 것도 아니고 비극(비관)이라고도 할 수 없으며, 어차피 '꿈'의 논리에 의해 반복될 것들 중 하나일 뿐이다. 그리운 것이 있으면 '꿈'의 세계를 긍정하면 되는 일이고, 적극적으로 그 세계로 직핍해 가면 된다. 이것이 『그것은 꿈이었을까』를 추동하고 있는 힘이다.

지금 은희경의 소설 속에서 우리가 다시 발견한 것은 '나'와 나의 세계를 속수무책 해제시키는 타자들의 흔적이다. 그 타자가 '나'와 다른 구체적인 타인으로 존재하건, 내 안의 이물감을 일컫

건, 이 세계의 견고한 질서를 넘어서는 또다른 세계를 의미하건, 『그것이 꿈이었을까』는 분명 이 타자들의 발견을 이야기하고 있다. 특정 시대를 지칭하는 꼬리표와 무관하게, 하나의 명료한 의미를 찾아내는 것과도 무관하게, 이 소설은 은희경의 새로운 세계를 우리에게 개시(開始)하고 있다. 『그것은 꿈이었을까』는 지금 새로운 세계의 열쇠를 건네고 있는 중이다. 그간 우리가 은희경의 소설 속에서 보아온 것이 단 하나의 별이었다면, 이제 우리 앞에 펼쳐질 것은 무수한 별들의 조합(constellation)일 것이다.

소설이 되기 이전의 소설

아주 오래 전 일이다. 겨울이었고, 방학이라서 캠퍼스 안은 한산했다. 학생들이 빠져나간 자리에는 이렇게나 많았나 싶은 나무들이 모조리 가지 위에 눈을 올려놓고 서 있었다. 바람이 불고 날씨도 추웠던 것 같다.

조교였던 나는 방금 연구실 청소를 마쳤다. 이제 내 책상을 정리할 차례였다. 방학 동안 부모님이 계신 전주로 내려가 있기 위해 내일 기차를 탈 것이다. 책과 공책, 복사자료 따위를 꾸리다가 말고 나는 이따금 난로 쪽으로 몸을 돌리곤 했다. 언 손을 녹이고, 그리고 창밖을 흘끗 바라보았다.

그는 추운 바람 속에서 나를 기다리고 있었다. 손을 파카 주머니 안에 찔러넣고 텅 빈 벤치 앞에서 한 시간째 서성거리는 거였다. 목도리도 매지 않았다. 작고 추워 보였다. 겨우 2층 높이에서 내다보는데도 아주 아득해 보이고 말이다.

정리를 마치고 나온 나는 조금 빨리 걸었다.

그도 내 발소리를 들었을 것이다. 하지만 고개를 숙인 채 자기 발만 내려다보았다. 벤치 앞 흙이 파인 작은 웅덩이 안에는 얼음이 꽁꽁 얼어 있었다. 그는 신발 뒤꿈치로 얼음을 깨고 있는 중이었다. 나도 그의 곁으로 다가가 말없이 뒤꿈치로 얼음을 깨기 시작했다.

얼음은 얇아서 와삭, 하며 쉽게 으깨어졌다. 사그락, 했던 것 같기도 하다. 와삭, 사그락, 와삭…… 한참 동안 얼음을 깨는 소리 외에는 아무 소리도 들리지 않았다. 시간이 흐르는 것도 알 수 없었다. 그때 갑자기 그가 짧게 부르짖었다. 아, 언젠가 있었던 장면 같아!

나는 오싹해졌다. 나도 같은 생각을 하고 있었던 것이다.

분명 처음 가는 길인데 언젠가 와봤던 곳 같고 처음 만나는 사람인데 어딘지 낯이 익고, 그래서 기억해내려다가 끝내는 포기했던 일이 있다. 꿈에서 본 걸까.

꿈은 인생의 다른 버전일지도 모른다는 생각을 종종 한다. 나는 현실에서도 살고 있고 꿈에서도 살아간다. 꿈속의 나에게는 꿈이 즉 현실이므로 꿈속의 꿈이 또 존재하고 말이다. 삶은 그렇게 겹으로 되어 있는 게 아닐까.

비슷한 꿈을 반복해서 꾸는 일, 그 역시 나만의 경험은 아닐 것이다. 나에게는 꿈속에 가는 장소들이 몇 군데 있다. 너럭바위 옆의 냇가와 양철대문이 있는 골목, 자전거포 등이다. 2층 술집도 하나 있는데 뒷문으로 해서 뜰로 나갈 수 있게 돼 있는 곳이다. 그곳에서 나는 친한 사람들을 만난다. 운명적으로 사랑하는 남자도 있다. 그와는 늘 엇갈리기만 해서 내 마음이 보통 안타까운 게 아니다. 그러나 깨어난 뒤에는 아무리 생각해봐도 그 모두가 전혀 알 수 없는 사람들이다.

그는 이따금 내 하숙방에 자기 물건을 떨어뜨리고 갔다. 성냥갑이나 기타 피크 따위의 자잘한 것들. 내가 선물한 목도리를 놓고 간 일도 있었지만 그 당시 그의 소지품은 주로 책이었다. 그가 잊어버리고 두고 간 『모반의 카리스마』라는 책을 통해 나는 처음으로 존 레논의 노래 가사를 알게 되었다. 그리고 그때부터 비틀스를 노래하는 그의 모습을 조금 더 좋아하게 되었다.

오랜 시간이 지난 뒤 그가 다시 비틀스를 듣기 시작했을 때 그것이 바로 〈러버 소울〉이었다. 그 노래는 방 안의 침묵과 묵은 먼지 사이로 날아올랐고, 나는 그와 나의 청춘이 리플레이되어 문

안으로 들어서는 것을 보았다. 그 무렵은 내가 십삼 년 만에 나만의 방을 갖게 되었던 시기이기도 했다. 〈러버 소울〉은 내가 그에게서 갖고 온 두 장의 시디 중 하나가 되었다.

그 방에서 나는 우울함이나 고독 따위의 작위를 실컷 즐길 수 있었다. 흐린 날이나 기분이 좋지 않은 날에 혼자서 캔맥주를 마시며 〈러버 소울〉을 듣곤 했다. 서서히 취해가면서 인생이 무엇인지 심각하게 생각해본다는 게 멋진 일 같아서 자주 그렇게 했을 것이다.

두번째 곡인 〈노르웨이의 숲〉을 들을 때쯤에는 '까짓것, 슬퍼하면 뭘 해. 즐겁게 살자구' 했다. 〈노웨어맨〉이나 〈걸〉쯤에 와서는 '다 아무것도 아닌걸 뭐' 하고 잊어주는 척했다. 〈인 마이 라이프〉 정도에 이르면 '아무것이면 또 어때' 라고 살짝 튕기기까지 했다(취했으니 용서해준다).

그러고 나면 한잠 자곤 했는데, 깨어보면 치기 어린 취기와 위대한 철학은 간데없고 침대맡에 서 있는 빈 깡통들처럼 속이 허전하고 쓰렸다. 나는 그때의 기분을 다른 사람들도 느껴보면 좋겠다고 생각했다. 〈러버 소울〉을 틀어놓고 캔맥주를 마신 뒤 취해 잠이 들고, 잠에서 깨어났을 때 근데 여기가 어디지, 하고 허망히 중얼거리게 만드는 느낌의 책은 없을까 하고.

이상한 일이다. 새로운 애인을 만나면 헤어진 옛 애인의 모든 것을 이해하게 된다. 이해하지 못한다는 건 갈급을 뜻하는 걸까. 그런 연유로 사랑이란 늘 불가능한 일이 되어버리는 모양이다.

이 소설은 작년 여름 하이텔에 '꿈속의 나오미'라는 제목으로 연재했던 것이다. 〈러버 소울〉에 담긴 열네 곡이 그대로 소제목이 되었지만 노래 가사와 소설 속의 이야기는 별로 연관이 없다. 그 노래에 맞춰서 쓴 게 아니고 그 노래를 들으며 쓴 소설인 때문이다. 노래의 분위기만을 소설 속으로 끌어들이는 방법이 어색하게 여겨질지도 모르겠다. 그 간격을 약간이나마 메우는 데 도움이 되었던 하이텔 비틀스 동호회에 감사드린다. 연재하는 동안 '작가와 함께'란에 글을 올려주었던 통신 독자와의 만남도 각별한 경험과 즐거움이었다. 약속보다 일 년이나 늦어진 소설책을 정성스럽게 만들어준 현대문학사에도 고마움을 전한다.

요즘도 나는 사물을 원인과 결과로만 보려고 하는 버릇을 고치지 못했다. 그러나 세상에는 비밀도 있고 수수께끼도 있고 알 수 없는 일도 있으며 설명할 수 없는 일, 풀리지 않는 일, 가능하지 않은 일, 믿을 수 없는 일, 그리고 어쩌다보니 그렇게 되어버린 일도 있다. 그렇게 되도록 예정되어 있었기 때문에 필요와 이유 없이 사랑하게 된 사람들도 있다. 이 소설을 쓰던 시기에 나는 그런 생각에 가장 가까이 가 있었다.

연재를 마치던 작년 8월 마지막 주에 여행을 다녀왔었다. 여름의 시간과 가을의 시간이 함께 들어 있었고, 시작과 끝의 순간이 몇 번인가 번복되곤 했다. 상심했던 밤이 있었다. 또 신발코를 이슬로 적신 채 가늘게 눈을 뜨고 떠오르는 해를 바라본 새벽도 있었다. 초록 숲에 사선으로 떨어지는 빗줄기를 무심히 세면서 무너져내리는 마음을 지탱하려 해보았으며, 일생 놓치고 싶지 않은 존재가 손바닥 안을 스쳐가는 순간에는 흠칫 몸을 떨었던 것 같다.

그리고 여행이 끝났을 때, 내가 원하는 것에 거의 다가갔다고 생각하는 순간, 그것을 빼앗아가버리는 삶의 고지식함에 절망했다.

나는 이 소설을 고독에 관한 이야기로 쓰기 시작했다. 고독한 사람의 뒤를 쫓아가보니 그의 발길이 사랑으로 향했다. 그래서 고독과 사랑에 관한 이야기가 된 것 같다. 결국은 같은 말일 테지만.

시간이 지나가면 내 생각은 또 변할 것이다. 그때에도 내가 믿고 있는 것을 여전히 옳다고 말하게 될까. 내가 사랑하는 사람들을 여전히 사랑하고 있을지 어떨지도 자신이 없다.

모든 것은 변해간다. 그런데도 내 생의 순간들이 멈추고 쌓여서 자꾸 소설이 되고 있다. 몇 년 전 프라하의 한 미술관 기념품점에서 실레의 그림을 만났던 것도 이 소설의 작은 실마리이다. 또한 그 여행을 떠나기 일 주일 전에 묵었던 늦가을 스키장에서의 밤도 이 소설에 들어와 있다. 가야산 자락의 고시원에서 보냈던 날들도 한 자리를 차지했다. 언젠가 변해버릴 것에 대해 이렇게 긴 말을 늘어놓다니, 나는 버려 마땅한 것들을 쌓아놓고 일일이 작별의 말을 하고 싶은 것일까. 그래도 내 생이 어떤 다른 곳, 타인이라는 불모의 마음속이나 바람 심한 벌판의 진지한 낟가리에 가서 쌓이는 것보다는 나았을까.

이 소설을 다시 읽으며 가을을 다 보냈다. 창밖에 나뭇잎 물드는 것을 아까운 눈으로 바라보곤 했다. 좋아하는 사람들을 차에 태우고 목청껏 노래를 부르며 가을 산으로 떠나야 할 텐데 그러기 전에 이 계절이 다 지나가버릴까봐서. 결국 그렇게 되었다. 지금은 겨울이다. 지난 가을 선물받았던 장갑을 껴도 되겠다. 20세기 마지막 12월이라니, 아닌게 아니라 좀 꿈같다.

1999년 12월

은희경

십 년 전에 썼던 소설을 다시 읽어 고친다.

그때의 나는 지금보다 삼 킬로그램 가벼웠고 검은색과 빨강 옷을 잘 입었고 나를 숨기는 게 멋진 태도라고 여겼고 싱글 몰트 위스키 맛을 몰랐고 자주 오해받는다고 상심했고 마흔이란 어떤 나이일까 생각했다. 그리고 사랑이 사람을 변하게 만들고 갈망이 그 사람을 행동하게 만든다는 것, 기억은 잊히지 않고 간직된다는 것에 대해 확신이 없는 채로 간절히 믿고 싶어했다. 그때에 이 소설을 썼다. 이 소설은 내가 쓴 유일한 연애소설이다. 아직까지는. 그때의 나는 가끔씩 내 인생이 누군가가 꾸는 나쁜 꿈 같다고 느꼈는데, 이 소설을 쓸 때는 그런 말은 함부로 하는 게 아니라고 스스로를 만류하곤 했다. 아마 세상의 사랑이 이루어지기를 바랐던 것 같다.

구 년 전 이 책을 내면서 나는 이렇게 썼다. 시간이 지나가면 내 생각은 또 변할 것이다. 그때에도 내가 믿고 있는 것을 여전히 옳다고 말하게 될까. 내가 사랑하는 사람들을 여전히 사랑하고 있을지 어떨지도 자신이 없다.

지금 나는 십 년쯤 더 늙었지만 변한 것 같지는 않다. 내가 사랑했던 사람들을 이제는 늙음의 방식으로 사랑한다. 아직도 이따금 이건 타인이 꾸는 나쁜 꿈이야, 라고 중얼거릴 때가 있지만 그래도 사랑에 관해서라면 발밑까지 타들어갈지언정 길고 긴 꿈을 꾸고 싶다. 일상의 심박동이자 지극히 사적인 양심행위로서.

세기말에 낸 책을 세기 초에 또 내게 되다니, 아닌게 아니라 좀 꿈같다.

2008년 6월

은희경

문학동네 장편소설
그것은 꿈이었을까
ⓒ 은희경 2008

1판 1쇄 │ 2008년 7월 7일
1판 10쇄 │ 2021년 6월 7일

지은이 은희경
책임편집 조연주 │ 디자인 윤종윤 유현아
마케팅 정민호 이숙재 우상욱 정경주
홍보 김희숙 김상만 함유지 김현지 이소정 이미희 박지원
제작 강신은 김동욱 임현식 │ 제작처 (주) 상지사 P&B

펴낸곳 (주)문학동네 │ 펴낸이 염현숙
출판등록 1993년 10월 22일 제406-2003-000045호
주소 10881 경기도 파주시 회동길 210
전자우편 editor@munhak.com │ 대표전화 031)955-8888 │ 팩스 031)955-8855
문의전화 031) 955-3578(마케팅) 031) 955-8864(편집)
문학동네카페 http://cafe.naver.com/mhdn

ISBN   978-89-546-0617-2 03810

* 이 책의 판권은 지은이와 문학동네에 있습니다.
  이 책 내용의 전부 또는 일부를 재사용하려면 반드시 양측의 서면 동의를 받아야 합니다.
* 이 도서의 국립중앙도서관 출판예정도서목록(CIP)은 서지정보유통지원시스템 홈페이지
  (http://seoji.nl.go.kr)와 국가자료공동목록시스템(http://www.nl.go.kr/kolisnet)에서
  이용하실 수 있습니다.(CIP제어번호 : CIP2008001968)

잘못된 책은 구입하신 서점에서 교환해드립니다.
기타 교환 문의: 031) 955-2661, 3580

www.munhak.com